KB057351

나도
잘 쓴
한 페이지가
있다

나도
잘 쓴
한 페이지가
있다

민윤기
초에세이

스타북스

원고를 하나하나 정리하면서, 처음에는 책 제목을 「작고 말랑말랑하다」로 하려고 했습니다. 이 책 속에 수록되는 글들이 무슨 거대한 담론을 담은 것도 아니고 논리적이지도 못해 '작다'고 하는 게 좋겠고, 이 '작은' 글을 읽는 독자들이 '말랑말랑하다'고 느꼈으면 하는 바람 때문이었습니다. 글의 길이만 작을 뿐만 아니라 글의 내용 또한 작습니다. 그래서 이 산문집의 성격은 '초에세이집'입니다.

그런데 원고 속에 제가 늘 존경하는 천양희 시인의 「시라는 덫」이라는 시를 인용했는데, 그 시에 나오는 "치열하게 산 자는/ 잘 씌어진 한 페이지를 갖고 있지"라는 구절을 보고는 그 시의 구절을 능동형으로 변형하여 「나도 잘 쓴 한 페이지가 있다」로 덜컥 제목을 바꾸고 말았습니다.

그렇다고 해서 이 책을 읽을 독자들은 굳이 '잘 쓴 한 구절'을 찾는 수고는 하지 않으셔도 됩니다. 사실은 저도 어느 부분이 '잘 쓴 한 구절'인지 아직 찾아내지 못했습니다. 다만 이 책에 수록된 글들이 시대에 대해서, 시대의 현상에 대해서, 시대의 정신에 대해서 "꼬치꼬치 따지고, 사이다처럼 톡톡 쏘는 맛"을 드리려는 제 마음이 읽혔으면 합니다.

2024년 광화문에서

민윤기

목차

머리말 • 004

001

광화문을 사랑하는 이유 • 013
동갑내기 친구 이세룡 시인 • 015
윤동주가 탐나지? • 018
시인은 시를 쓴다 • 020
시잡지가 사라졌다 • 022
농담하듯 유머러스한 시 • 024
시를 지키는 독립군이고 싶다 • 026
나는 세상에 입원하고 있다 • 028
나, 윤동주는 한국인입니다 • 030
신춘문예 심사 후기 • 034
시를 소리 내어 읽으면 • 036
김남조 시인의 마지막 나들이 • 038
피천득 선생님과의 인연 • 042
김대규 시인은 큰형님 같았다 • 044
AI가 쓴 시를 읽고 • 047
노천명의 사진 한 장 • 050

아무개 아무개 시인님 • **052**

앤솔로지 운동 • **054**

김수영 시인의 금이빨 • **057**

사회적 테러와 홀로 싸운 시인 • **060**

나도 잘 쓴 한 페이지가 있다 • **064**

생애 마지막 시낭독 • **067**

펄벅 여사와 공초 오상순 • **070**

RM은 윤동주 같은 시인이 되고 싶었다 • **072**

002

으악새는 가을에 울지 않는다 • **079**

작고, 말랑말랑하다 • **082**

홍지서점의 마룻바닥 • **084**

성은이 망극하옵니다 • **086**

헐버트 박사의 묘 • **088**

세상의 모든 책은 사람이다 • **090**

슬픈 무궁화 • **092**

혈구산 정상의 태극기 • **094**

묵호에서는 철학도 문학도 모두 개똥이다 • **096**

쌍문동? 추억은 희미하지만 • **098**

고물은 보물이다 • **100**

나는 국수주의자입니다 • **102**

압록강 여행 — 단둥에서 투먼까지 • **104**

뇌밧골의 주막 시인동신 • **108**

003

키오스크 세상 • 113

문학청년과 신춘문예 병 • 116

초단편 유행 중 • 118

국뽕 좋아하십니까? • 120

외로움부 장관 • 122

백발도 백발 나름이다 • 124

멋지다, ROKA 티셔츠 • 126

반가운 트로트 열풍 • 128

N분의 1 시대 • 130

하늘공원의 느린 우체통 • 132

이순신 장군 동상 • 134

챗GPT 시대 • 136

스타벅스의 정체 • 138

과연 배달의 민족이로구나 • 140

윤여정 현상 • 142

BTS ─ 세계를 정복한 피 땀 눈물 • 144

004

잘난 척은 이제 그만 • 157

약력을 제대로, 잘 쓰자 • 159

사사를 받았다? • 162

발문은 발로 쓴다? • 164

명함이 웃겨요 • 166

퇴고 할까 하지 말까 • 168

서명하지 않은 시집 • 170

제자리로 가세요 • **172**

문화를 무시하는 문화체육부 • **174**

왜 하필 옥자냐 • **176**

예약하셨어요? • **178**

선글라스 쓰고 사진 찍기 • **180**

가짜 김일성 진짜 김일성 • **182**

꼰대를 사양합니다 • **186**

수상한 애국심 • **188**

005

번아웃 증후군 • **193**

귀화식물 돼지풀 • **196**

만년필로 글을 쓰면 • **198**

시그니처 • **200**

자 찍어요, 파이팅! • **202**

무공해 도시 네옴시티 • **204**

본캐와 부캐 • **206**

먹지 못하는 골뱅이 • **208**

QR코드와 친해 보자 • **210**

5G가 뭐지? • **212**

천조국 공포 • **214**

006

한글의 활용 • **219**

화자와 필자 • **222**

민들레는 홀씨가 없다 • **225**

영인본의 매력 • **228**

아래아한글은 위대하다 • **230**

이른바 도꼬다이 • **232**

대머리 총각 • **234**

해방과 광복 • **236**

신해철의 노래가사 • **238**

토착왜구 • **240**

서부전선 이상 없음? • **242**

참수 작전 • **244**

갑질 • **246**

보이코트 • **248**

국정교과서 소동 • **250**

먹방과 오빠 • **252**

볼펜 신체검사 • **254**

수저계급론 • **256**

바나나는 묵혀야 맛있다 • **258**

비빔밥론 • **260**

시한부 음식 보신탕 • **262**

미세먼지 때문에 • **264**

말모이 • **266**

쪼다 • **268**

인구 절벽 앞에서 • **270**

001

#한국인 #윤동주
#광화문 #김남조 #신춘문예
#김대규 #피천득 #RM
#노천명
#앤솔로지 운동 #이세룡
#AI #시잡지 #시낭독
#김수영 #오상순 #김명순
#펄벅

광화문을
사랑하는 이유

　가난한 시잡지의 사무실을 굳이 비싼 임대료를 내면서 서울 시내 한가운데인 광화문을 벗어나지 않는 이유가 있다. 그 이유 중에 가장 큰 이유는 대한민국을 대표하는 대형서점 세 곳 등 네 개의 서점이 이곳에 있기 때문이다. 대표적인 서점인 교보문고 광화문점을 비롯해서 두 번째로 큰 대형서점인 영풍문고, 종로서적, 중고서점 알라딘 종각점 등이다. 이들 서점들은 모두 '월간시인' 사무실을 중심으로 모두 반경 3백 미터 안에 있다. 이 서점들은 같은 것 같으면서도 그 진열 방식이 다르고 중점적으로 파는 책의 취향도 다른 것 같다.

　교보문고 광화문점이 우리나라에서 나오는 거의 모든 신간을 다 진열하는 형태의 백화점식 서점이라고 한다면 영풍문고는 인문학, 특히 시와 문학 관련 책들이 찾기 쉽게 진열되어 있다는 점이 다르다. 종로서적은 비즈니스, 육아, 주말, 요리, 독립출판 등 사람들의 라이프스타일을 겨냥한 듯한 새로운 진열 방식이 눈에 띈다. 그래서 나는 그때그때 필요에 따라 이 서점들을 돌아가며 들르곤 한다.

그런데 교보문고, 영풍문고, 종로서적에 가면 항상 마음이 설렌다. 내가 편집하고 만든 시집들이 신간대에 진열되어 있을까 하는 기대가 있기 때문이다. 특히 시잡지 마감 사이 틈틈이 밤을 새우다시피 해서 여러 권의 시집을 만든 터라 그 시집들이 신간대에 올려져 있는 것을 보는 일은 즐겁고 반갑고 행복한 일이다. 마치 자기 아이가 학교에 가서 상장을 타오거나 아이가 숙제장을 내보이며 선생님이 "참 잘했어요" 하는 도장을 찍어 주셨다고 자랑하는 것을 보는 것과 비슷한 기분이다.

지금 교보문고, 종로서적 시집 신간 코너에는 어김없이 내가 기획과 편집한 시집들이 진열되기 시작했다. 하루에도 30여 종이 쏟아져 나온다는 시집 중에 이렇게 서점 진열대에 시집이 진열되는 일은 힘든 일이다. 그 시집을 독자가 사고 안 사고는 오로지 독자의 몫이다.

그러나 젊은 시절 광화문 종로 일대의 서점에서 책을 사던 일을 떠올리면 쓸쓸하고 초라한 생각이 드는 걸 어쩔 수 없다. 그때 광화문 부근에는 교보문고와 종로서적 외에도, 숭문사, 양우당, 덕흥서럼, 중앙도서전시관, 태평서적 등 일곱 군데 서점이 있었다.

동갑내기 친구
이세룡 시인

세계의 각종 포탄이 모두 별이 된다면
그러면 몰래 감추어 둔 대포와
대포 곁에서 잠드는 병사들의 숫자만 믿고
함부로 날뛰던 나라들이 우습겠지요

동갑내기 내 친구 이세룡 시인. 그를 생각하면 마구마구 눈물이 난다. 제임스 딘을 좋아한다는 공통점으로 여러 해 동안 거의 붙어살다시피 했던 친구였다. 그의 근황을 알면서도 연락하지 못한 내가 못났다.

1980년대 내가 출판사를 해서 모은 돈으로 여성잡지를 창간할 무렵, 그 역시 여성잡지사에서 나와 '입뽕한' 영화 개봉을 한다. 그러나 여성잡지 창간도, 입뽕 영화도 모두 실패한다. 그 후 우리는 다시 재기를 꿈꾼다. 나는 새 잡지 창간하러 돌아다니고, 그는 새로운 제작자를 만나 박범신의 소설 「습내 떡빙이」를 영화로 만들 준비를 한다.

이세룡 시인은 그 무렵에 쓰러졌다. 목숨은 건졌으나 식물인간 상태가 되었다. 많은 세월이 흘렀고 안타깝게도 몇 해 전에 그만 세상을 떠나고 말았다.

지난해 여름, 몽산포 여름시인학교 특별강사인 허영자 시인이 이세룡의 시 한 편을 소개한다. "한국 시 중에서 최고 명작"이라고 극찬하면서다. 천진난만한 소년 같은 시심의 천재 시인 이세룡을 그리워하면서 허영자 시인이 극찬했던 그 시를 마저 소개한다. 이세룡의 시는 이렇게 이어진다.

또한 몰래 감춘 대포를 위해
눈 부릅뜨고 오래 견딘 병사에게 달아 주던 훈장과
훈장을 만들어 팔던 가게가 똑같이 우습겠지요

세계의 각종 포탄이 모두 별이 된다면
그러면 전 세계의 시민들이
각자의 생일날 밤에
멋대로 축포를 쏜다 한들
나서서 말릴 사람이 없겠지요

총구가 꽃의 중심을 겨누거나

술잔의 손잡이를 향하거나

나서서 말릴 사람이 없겠지요

별을 포탄 삼아 쏘아댄다면

세계는 밤에도 빛날 테고

사람들은 모두 포탄이 되기 위해

줄을 서서 차례를 기다릴지도 모릅니다

세계의 각종 포탄이

모두 별이 된다면

이세룡의 시 「세계의 포탄이 모두 별이 된다면」 전문

윤동주가
탐나지?

　지난 2017년 1월 10일 서울시인협회는 프레스센터 20층 국제회의장에서 '윤동주 100년의 해' 선포식을 갖고, 이 자리에서 중국 포털사이트 '바이두'가 윤동주 시인을 '중국 조선족'으로 등재한 사실과, 윤동주 생가에 '중국 조선족 애국시인' 경계석을 설치한 사실을 비난하고, 이를 시정하는 운동을 펼칠 것을 주창한 적이 있다.

　그러나 현재까지도, 바이두에는 이것이 고쳐지지 않은 채 시인의 국적을 '중국', 그리고 민족은 '조선족'이라고 여전히 표기하고 있는 것으로 파악되고 있다. 이밖에도 독립운동가 이봉창, 윤봉길 의사 등의 국적 역시 '조선족'으로 표기하고 있다.

　바이두는 윤동주 시인을 이렇게 소개하고 있다.

　중국 조선족 윤동주 시인은 항일운동에 적극적으로 참여했고, 1943년 체포돼 1945년 29세의 나이로 후쿠오카 교도소에서 숨졌다.

　마치 중국 조선족 윤동주 시인이 항일운동에 참여해 일본에 저항한 것처럼 소개한 거다. 또한 바이두는 "윤동주 시인의 작품 대부분은 중국에서 씌어졌다"고 주장하며 윤동주 시인의 국적 문제는 연구가 필요하다고 한다.

　그런데 이번에는 일본 사이트에서 윤동주 시인을 '일본인'이라고 표기해놓은 사실이 드러났다. 일본어판 '위키피디아'에서 윤동주의 국적을 '일본'으로 소개하고 있는 사실이 확인된 거다.

　이를 확인한 성신여대 서경덕 교수는 "윤동주 시인이 일제강점기에 활동한 건 역사적인 사실이지만 윤동주 시인이 일본인이 아니라 한국인이라는 사실을 전 세계에 제대로 알려야만 한다"며 시정운동에 나서겠다고 한다.

　이처럼 중국과 일본에서 서로 윤동주 시인을 자기 나라 시인이라고 하는 데 대해 분통이 터지면서도, 한편으로는 그들에게는 윤동주 시인에 필적할 만한 시인이 없다는 사실을 그들 자신이 인정하는 것 같아 자랑스러운 생각이 들기도 한다.

시인은
시를 쓴다

국립중앙도서관에 자주 들른다. '월간시인'을 만드는 데 필요한 많은 자료들이 있는 곳이기 때문이다. 말하자면 국립중앙도서관은 교보문고, 영풍문고와 함께 '월간시인' 편집 자료가 보관되어 있는 보물섬인 셈이다.

이곳에서 일제 강점기와 5,60년대 신문 잡지는 물론 귀중본 서고의 서적을 대출 받아 내용을 카피하기도 한다. '월간시인' 고정 콘텐츠인 "생각의 망치"의 발굴산문을 찾아내는 장소도, 매월 발굴 시 특집 '리딩어게인'에 소개된 '시로 쓴 시인론' 자료들도 국립중앙도서관에 소장된 시집에서 거의 모두 수집하고 있다.

잡지 편집 관련 글쓰기 자료를 찾기 위해 국립중앙도서관을 들락거린 지도 아마 30년 이상 된 것 같다. 신문사 기자 시절은 물론이요 여성잡지를 발행하던 시절 내내 나는 국립중앙도서관을 뻔질나게 드나들었다. 꼭 찾아야 할 자료가 있을 때뿐만 아니라 별일 없을 때도 반나절 정도의 시간만 나면 도서관엘 갔다.

국립중앙도서관은 마음이 평안해지는 장소다. 누구는 마음이 심란하거나 괴로울 때면 절집을 찾는다지만 나는 국립중앙도서관엘 간다. 내게는 온갖 자료를 찾는 보물창고 같은 존재에서 마음의 치유를 담당하는 병원의 기능까지 있다. 그런 날은 이런 저런 책을 대출 받지 않고 주로 3층 '문학실'에 들어가서 시집을 읽곤 한다. 문학실은 다른 열람실과는 달리 개가식開架式이다. 개가식은 대출신청하고 책을 받아 읽는 게 아니라 책꽂이에 꽂혀 있는 책을 마음대로 꺼내 책상에 앉아 읽을 수 있다.

이 문학실 서가 한가운데 서울시인협회 연간사화집 『시인은 시를 쓴다』가 나란히 꽂혀 있다. 마치 집 나간 자식을 보는 느낌이다. 2016년판, 2017년판, 2018년판. 2019년판, 2020년판, 2012년판, 2022년판까지 일곱 권이 나란히 꽂혀 있다. 앞으로 2024년판이 나오면 곧 같은 장소에 진열될 것이다.

사화집의 두께가 다른 시집들보다 훨씬 두껍다. 『시인은 시를 쓴다』는 표제가 크게 씌어져 있어 시선을 사로잡는 효과도 좋다. 이것은 단순한 사화집 제목이 아니다. 모름지기 모든 "시인은 시를 써야 한다"고 주장하는 서울시인협회의 캠페인을 담은 메시지다.

시잡지가
사라졌다

1980년대부터 신문사 일로, 취재하러, 자료 구하러 일본에 갈 때마다 하루는 으레 대형서점에 들른다. 그때마다 서점 게시 판에서 '책은 국력' '책의 힘'이라고 쓴 포스터를 보고서는, "과연!" 하며 출판 왕국 일본을 부러워하곤 했다. 도쿄의 기노쿠니 야, 마루젠, 야에스북센터, 쇼센그랑데 같은 대형서점 진열대에 쌓여 있는 산더미 같은 책들은 나를 압도하기에 충분하다.

특히 신쥬쿠역 동쪽 출구 기노쿠니야는 7층 건물 전체가 서 점이다. 오후 퇴근 시간 무렵 책을 사려는 손님들이 어찌나 많이 몰려오는지, 그래서 책을 고르기 위해 찬찬히 살펴보기도 어려 울 지경이다.

그런데? 최근 이상한 점을 발견한다. 잡지 코너에서 시잡지를 찾아볼 수 없다. 월간 시잡지는 단 한 종도 없고, 고작 찾아낸 건 계간으로 발행되는 '현대시수첩' 뿐이다. 그 대신 '하이쿠' '단 카' 같은 잡지들은 대여섯 종 눈에 띈다.

시집 코너 역시 일본 시인들의 창작 시집보다는 하이쿠, 단카 창작인들의 시집이 훨씬 많다. 80년대는, 아니 90년대, 2000년 대 초까지는 시잡지들이 꽤 여러 종 있었다. 나는 그 중에서 눈에 띄는 특집이나 편집이 특이한 잡지들을 골라 잡지편집에 참고하 거나 세계 시의 흐름을 이해하는 참고자료로 활용하곤 했다.

이런 현상은 우리나라는 더욱 심하다. 교보문고나 영풍문고 같은 대형서점에 가보시라. 정상적으로 발행되어 서점에서 당 당하게 판매되는 월간 시잡지가 사라진 사실을 확인할 수 있다. '디카 시'니 '트위터 시'니 '유튜브 시'니 하는 '돌연변이' 같은 시의 형상으로 출현한 미디어들을 시잡지의 본류라고 할 수는 없다.

나는 시는 '종이'로 인쇄되어 책장을 펼쳐가며 읽을 수 있는 종이로 만드는 시잡지가 기본이라고 굳게 믿는 사람이다. 하지 만 대형서점에서 시잡지가 사라진 일본과 한국의 이런 현상을 보면서도 나는 결코 절망하지 않는다. 오히려 지금 내가 만드는 '월간시인'을 더 잘 만들어 한국 현대시의 베이스캠프이자 시인 들을 지키는 보루 역할을 톡톡히 하는 시잡지로 키울 생각이다.

농담하듯
유머러스한 시

세계적인 극작가 버나드 쇼에게 신문기자가 물었다. "선생님이 평생 가장 감명 깊게 읽은 책이 무엇입니까?" 버나드 쇼의 답변. "현금출납부올시다."

당시 세계에서 가장 유명한 무용수로서 미모를 자랑하는 이사도라 던컨이 버나드 쇼에게 물었다. "저와 결혼해서 선생님의 두뇌와 나의 외모를 닮은 아이를 낳으면 얼마나 좋을까요?" 추남에 가까운 버나드 쇼의 멋진 응수. "나의 외모와 당신의 두뇌를 닮은 아이를 낳으면 어쩌시려구."

이런 수준의 고급 유머를 구사하라는 이야기는 아니다. 시잡지를 만들며 적지 않은 시인들을 만나고 있는데, 우리나라 시인들에게 가장 부족한 게 유머 감각이라는 생각이 들어서 예를 든거다.

시인들의 시를 읽으면서 늘 느끼는 점이 한 가지 있다. 우리나라 시인들은 지나치게 진지하고 무겁고 답답하다. 마치 도덕

이나 윤리선생님을 만나는 느낌이다. 오늘부터라도 조금은 헐
겁고, 빈틈이 많고, 우스꽝스럽고, 가볍고, 어리버리한 시들을
많이 읽고 싶다. 아마도 적당한 농담은 고래를 춤추게 할 거다.
그런 뜻에서 요즈음 젊은이들이 참 좋아하는 이문재 시인의 시
「농담」을 소개한다. 진지한 주제를 농담처럼 하는 장치가 어딘
가에 숨어 있을 거다.

　　　　문득 아름다운 것과 마주쳤을 때
　　　　지금 곁에 있으면 얼마나 좋을까 하고
　　　　떠오르는 얼굴이 있다면 그대는
　　　　사랑하고 있는 것이다

　　　　그윽한 풍경이나
　　　　제대로 맛을 낸 음식 앞에서
　　　　아무도 생각하지 않는 사람
　　　　그 사람은 정말 강하거나
　　　　아니면 진짜 외로운 사람이다

　　　　종소리를 더 멀리 내보내기 위하여
　　　　종은 더 아파야 한다

이문재의 시 「농담」 전문

시를 지키는
독립군이고 싶다

"우리가 돈이 없지 가오가 없냐?" 배우 강수연 씨의 별세 소식을 전하는 언론들이 이 말을 강수연 씨가 했다는 말로 소개하곤 했다. 그러나 이 말은 사실, 내가 강수연 씨에게 한 말이다.

1987년 이규형 감독이 "청춘스케치"을 촬영할 때다. 그 무렵 나는 경향신문 발행 여자잡지 '레이디경향'의 한창 잘 나가는 편집장이었다. "청춘스케치"는 한양대 연극영화과 졸업반 학생이던 이규형이 스포츠신문에 연재했던 캠퍼스 소설이었는데, 그 소설을 출판한 것도 나다. 친동생처럼 따르던 이규형 감독이 직접 메가폰을 잡은 영화이기도 해서 나는 거의 매일 촬영장에 들른다.

그런데 식사 시간만 되면 이 감독은 스태프들 밥 사 줄 돈이 부족해 고민하길래 그때마다 형편이 좀 나은 나는 얼마간의 돈을 쥐어주며 말한다.

"야, 우리가 돈이 없지 가오가 없냐?" 이 말을 여주인공 미미역으로 출연 중이던 강수연 씨가 옆에서 듣고는, 어떤 인터뷰에서 써먹은 모양이다. 그래서 당연히 강수연 배우의 '명언'으로 영화계에서 널리 알려지게 된다.

이 에피소드를 '월간시' 통권 100호 기념호 특집판에 실었다. 문학잡지, 그것도 월간으로 만들다보니 그달 그달 운영비에 쪼들리면서도 나는 군색한 형편을 들키지 않으려고 늘상 안 그런 척 '가오'를 잡곤 한다는 사실과 함께 이렇게 어려움을 무릅쓰고 시잡지를 늘 구독해 주는 정기독자들에세 유머러스하게 표현한 에피소드다.

우리나라에서 시잡지를 월간으로 발행하다는 일은 독립운동하는 독립군 같은 각오로 하지 않으면 불가능하다. 나라를 빼앗긴 뒤 제대로 먹지도 못하고 언제 어디서 무슨 일이 발생할지도 모르는 위험 속에서 만주 러시아 등지를 전전하며 독립운동 하는 일과 시잡지 발행을 비교하는 건 좀 지나친 비유이기는 하다.

하지만 매달 발행하는 시잡지야말로 시인들에게는 시의 자주 독립을 실천하는 영토나 다름없다. 나는 이 영토를 지키는 일이 어찌 보면 나라의 독립을 위해 헌신하는 독립군과 같다고 생각하는 거다.

시의 자주 독립을 위한 고행을 나는 죽는 날까지, 멈추지 않고 꿋꿋하게, 앞으로도 계속할 거다.

나는 세상에
입원하고 있다

'페이스북'으로 대표하는 소셜네트워크에는 세상의 흐름을 그때 그때 직방으로 전하는 잡다한 정보가 있다. 종이 매체에서는 볼 수 없는 적지 않은 시인들의 시도 '아주 많이' 올라오고 있다. 시뿐만 아니라 간단한 서평, 문학작품에 대한 평설, 신변잡기 수준을 뛰어넘는 산문들도 꽤 많다.

그래서 처음에는 잡지홍보라도 할까 하는 수상한(?) 목적으로, 마치 남들 하는 짓을 엿보듯이 활동하던 나 역시 이제는 다른 페친들과 마찬가지로 열심히 글을 올리거나 이벤트도 벌이거나 아이디어를 얻고 있다.

그런데 페이스북에는 우울한 소식도 많다. 신문방송에서는 접하지 못한 슬픈 소식―예를 들면 친구가 죽었다든가, 내 부모님, 스승, 선배 등이 곁을 떠났다거나 하는 슬픈 소식들이 매일같이 올라온다. 황현산 시인의 작고 소식도, 젊은 시인 허수경의 사망 소식도 페이스북에 자세하게 올라왔는데, 그 소식을 전하는 분들이 모두 생전에 친교를 맺은 분들이고 보니 전하는 사연 또한 구구절절 가슴을 아프게 한다.

그뿐이랴. 일상에 매달려 살기 때문에 다른 이들의 살아가는 어려움, 고통, 방황, 분노 같은 것을 잘 느끼지 못하는데, 그런 이야기들이 페이스북에서는 생방송처럼 하루 일과처럼, 마치 쇼윈도 속에 전시되어 있는 전시물처럼 중계되고 있다.

이런 나에게 이관일 시인의 시 한 편이 다가왔다. 우리의 인생은 지금 '세상'이라는 거대한 병원에 입원한 상태라는 고작 7행짜리 시 「입원」이다. '퇴원은 곧 세상에서 떠나는 죽음뿐'이라는 시 구절이 머리를 한 방 세게 때리는 듯하다.

이관일의 시 「입원」 전문은 이렇다.

나는 세상에 입원하고 있다
그리고 세상의 퇴원을 위해
태어나는 수술을 했고
지혜라는 주사를 맞으며
시라는 약을 복용하고 있다
나는 지금 세상의 퇴원을 위해
세상에 입원하고 있다

이관일 시인은 몇 년 전에 세상을 떠났다.

나, 윤동주는
한국인입니다

저항시인 윤동주를 비롯해, 윤동주의 고종사촌형 송몽규에게도 대한민국의 국적이 부여된다. 국가보훈처는 "윤동주 지사, 송몽규 지사 등 무호적無戶籍 독립유공자에 대한 '가족관계등록부' 창설을 추진, 민족정신이 살아 숨쉬는 '독립기념관로1'로 등록기준지를 부여할 예정"이라고 밝혔다. (등록기준지는 예전의 호적법에서 말하는 '본적'을 가리키는 말이다.)

이번에 대한민국 국적이 회복되는 윤동주 시인과 송몽규 지사는 이제까지 무호적 상태의 독립유공자였다. 이분들은 일제 강점기 조선민사령(1912년)이 제정되기 이전에 나라 밖으로 이주해 살다가 1945년 광복 이전에 사망해, 대한민국의 공적서류상 적籍을 한 번도 갖지 못했었다.

이번에 대한민국 국적을 회복하는 저항시인 윤동주 지사는, 1990년 독립장을 받았고, 윤동주 지사의 고종사촌형 송몽규 지사는 1995년 애국장으로 서훈되었다.

일제 강점기 시대의 '조선인'의 국적은 1948년 12월 20일 독립 대한민국 정부가 제정한 '국적법'으로 사실상 '대한민국 국민'으로 이어지기 때문에 윤동주 시인이 '대한민국 국민'이라는 사실에는 의심의 여지가 없는데도, 중국은 '중국인'이라고 계속 딴죽을 건다. 십억이 넘는 인구를 자랑하는 중국으로서도 윤동주 시인이 너무나 탐이 났던 모양이다. 그래서 그들은 오랫동안 방치되었던 윤동주 시인의 생가와 묘소를 새로 복원하는 과정에서, 생가 앞에 떡하니 '중국 조선족 애국시인'이라는 글씨를 새겨넣은 경계석을 세웠다. 이를 두고 중국 길림성에서 발행되는 '길림신문'은 "윤동주 시인을 중국인으로 부르는 명분이 생겼다"는 기사를 게재하기도 한다. 또한 중국의 대표적인 포털사이트 '바이두'는 윤동주의 국적을 중국, 민족을 조선족으로 표기한다. 이를 알게 된 성신대 서경석 교수 등 많은 한국인들이 바로잡아 줄 것을 강력 요청했으나 1년이 지난 현재까지도 시정되지 않고 있는 실정이다.

헌 짚신짝 끄을고
나 여기 왜 왔노

두만강을 건너서
쓸쓸한 이 땅에

남쪽 하늘 저 밑엔
따뜻한 내 고향

내 어머니 계신 곳
그리운 고향집.

윤동주는 그가 지은 시 「고향집」에서 자신의 고향을 '따뜻한 남쪽'이라고 말하며, 자신은 두만강을 건너 쓸쓸한 이 땅에 오게 되었다고 쓰고 있다. 물론 '두만강을 건너기 전 남쪽'은 '한반도'다. 따라서 윤동주는 자신의 고향을 '조선'이라고 분명하게 인식하고 있다.

중화인민공화국법에서는, 조선족은 "민족은 조선 민족이며 국적은 중화인민공화국"이라고 규정한다. 하지만 윤동주네가 살던 만주 지역을 통치하는 중화인민공화국이 건국된 것은 1949년이고, 윤동주 시인은 그보다 4년 전 1945년에 이미 사망한다.

윤동주 시인의 출생지가 현재의 중국 영토이기는 하지만, 중국이 주장하는 것처럼 중국 국적을 가진 중국 조선족은 절대 아니다. 윤동주의 재판 기록과 판결문에도 본적本籍은 함경북도 청진이다. 윤동주가 생전 스스로를 '조선인'이라고 지칭하지만 이는 현재 중국의 55개 소수민족 중 하나인 조선족을 뜻하지 않는다. 살아생전 윤동주의 본적은 함경도, 단 한 번도 중국 국적을 취득한 적이 없다.

윤동주 시인이, 1945년 2월16일 순절했으니, 공식적으로 대한민국 국적을 취득하게 된 것은 사후 77년만이다. 늦어도 너무 늦다. 그래도 정권이 바뀐 뒤 처음 맞이하는 광복절 선물이 윤동주 시인의 대한민국 국적 취득이니 얼마나 기쁜지 모르겠다.

보훈처의 이번 조치는 윤동주 시인에 대한 국적 논란에 종지부를 찍는 셈이다.

신춘문예
심사 후기

신문사 신춘문예 시 심사를 맡은 적이 있다. 일간신문의 신춘문예 심사는 올해 처음 맡아 보았지만 10년 이상 월간 시잡지의 신인상을 비롯해 여러 매체의 신인작품을 심사한 경험은 있다.

신춘문예의 예심 응모작은 천 편을 상회하는 많은 숫자이나 최종심 테이블에 올라오는 응모작 편수는, 신문사에 따라 다르지만 30여 편 정도다. 따라서 최종심 심사위원은 예심 응모작들의 경향이나 흐름을 다 알 수는 없다.

나는 심사의 기회가 있을 때마다 늘 금과옥조처럼 삼는 몇 분의 코멘트가 있다. J시인의 "아무리 직유가 훌륭해도 은유만 못하다"는 코멘트와 "의인법을 재대로 구사하지 않은 작품은 훌륭한 작품이라고 할 수 없다"는 C시인의 견해, "무엇보다도 낯설게 하기가 기본적으로 되어 있어야 한다"는 H시인의 견해다.

이 분들의 코멘트에 어느 정도 동의를 하는 자세로 응모작들의 옥석을 가리는 일을 시작한다. 그러나 시라는 것이 꼭 이 세

가지 조건으로만 분별할 수 있을 만큼 단순하지는 않다. 그래서 나는 훌륭한 레토릭이나 기발한 발상이나 괄목할 만한 한두 구절의 뛰어남보다는 '삶의 진정성'에 더 큰 점수를 주는 편이다. 우리가 윤동주의 시를 그토록 존중하고 머리를 숙이는 것도 따지고 보면 진정성의 훌륭함 때문이지 뛰어난 수사력 때문은 아니지 않은가.

나는 또 시가 지나치게 경직되고 엄숙해 이 세상의 고민과 고통을 다 품은 듯한 시, 이 세상의 모든 행위 중에서 시를 쓰는 행위만이 고매한 예술이라는 식의 시인 지상주의 시에도 별로 동감하지 않는다. 시인도 같은 시대의 정신을 공유하는 '시민'이어야 한다는 말이다.

앞으로도 신인작품을 심사하는 기회가 있을 때마다 이 자세를 지켜나갈 생각이다. 올해 첫 신춘문예 심사에서 당선작으로 선정한 박수봉 시인의 작품 「빈 집」 중 한 구절을 인용한다.

종일 입술을 다문 대문을 빈집은
몇 번이고 눈에 힘을 주어 밀어 보지만
끝내 대문 여는 소리는 들리지 않는다
마당 깊은 곳까지 어둠이 차오르면 빈집은
눈을 들어 별자리를 더듬는다

시를 소리 내어 읽으면

거의 모든 분들은 시집은 물론 책을 묵독黙讀을 하고 있다. 그것도 속독으로. 하루가 다르게 쏟아지는 그 많은 책들을 소화하기에 소리 내어 읽기는 적절하지 않을지도 모른다. 속도가 느리다. 나이가 들면 독서는 점점 혼자만의 자폐적인 행위가 되고 만다.

소리 내어 책을 읽어 보십시오.

낭독은 소리가 미치는 범위에서 목소리로 음성화해 하나의 텍스트를 공유하게 된다. 낭독이 끝나면 내용에 공명한 사람들은 감정도 같아질 거다.

낭독을 하는데도 (낭송보다는 쉽지만) 훈련이 필요하다. 낭독자는 텍스트가 활자로 찍힌 책을 보고 읽지만 듣는 사람은 오로지 소리로 전달된 신호로 내용을 파악한다. 소리로 보내는 신호가 부실하면 듣는 사람에게는 내용이 잘 전달되지 않는다. 청중이 이해하지 못하는 낭독은 무의미하여 피차 시간 낭비다.

본디 문자란 살아 있는 말을 시각 부호로 바꾼 거다. 개별적인 소리의 특성을 제거하고 일반적인 것, 보통의 것으로 최소화해 육포肉包처럼 만든 거다.

낭독은 이렇게 박제된 문자를 적절하게 띄어 읽으며 강세 넣기, 의성 의태어 살리기 등으로 원 상태로 되살려낸다.

낭독을 잘하는 사람은 '말하듯' 읽는다. 듣는 사람을 설득하려는 듯 감정을 제대로 살려 내용을 간곡하게 전달하려는 태도로 읽는다.

단어는 분명하고 정확하게 발음한다. 또한 띄어 읽기는 띄어쓰기처럼 중요하다. 문장은 한글맞춤법에 따라 같은 간격으로 띄어져 있지만 잘 뜯어 보면 띄어진 간격이 가진 의미적인 또는 심리적인 거리는 각각 다르다.

예를 하나 들어 보자.

"또다른 아침이 밝아오고 있다"를 보면 '또다른/ 아침이// 밝아오고/ 있다' 정도로 띄어 읽는다.

즉 '아침이'와 '밝아오고' 사이가 가장 길고, '또다른'과 '아침이' 사이와 '밝아오고'와 '있다' 사이가 그 다음이다. 띄어 읽기만 잘해도 낭독 초보는 마스터한 셈이다.

김남조 시인의
마지막 나들이

당진 솔뫼마을의 향토음식점 '길목'에서 점심식사를 하였다. '김대건 신부 탄생 200주년 기념행사' 프로그램 가운데 하나인 기념 시집 출판회와 시낭독회에 참석하는 분들을 위해 주최 측에서 예약한 식당이다. 얼핏 들깨죽인 듯한 찌개가 놓이고 돼지고기 보쌈 등이 차려진, 그야말로 성찬이다.

김남조 시인은 거의 식사를 하지 못하신다. 선생 옆에 앉은 정호승, 최금녀 유자효 시인은 물론 숙명여대 제자인 최혜순 시인이 이것저것 들어보시라고 권하였으나 모두 실패한다.

"구십이 지나고 나니 입에서 음식 더러 자꾸 나가! 나가! 하거든" 하면서 "반대로 자연은 들어와 들어와 하는 거야" 하며 권하는 음식을 들지 못해 시인들에게 미안해했다. 그리고는 말문을 돌려 옆에 앉은 이근배 시인을 쳐다보면서 "올해 연말로 임기가 끝나는 이근배 예술원 회장에게, 그동안 애 많이 쓰셨으니 퇴임 전에 미리 박수 한 번 쳐드리자"고 제안하였다.

박수가 한 차례 끝나자 또 이근배 시인을 바라보며 한 마디 던진다.

"그런데 이근배 시인은 내 나이를 자꾸 한 살씩 적게 소개하는데, 난 올해 아흔다섯, 구십오세입니다" 하면서 조금은 서먹서먹했던 분위기를 따뜻하게 바꾸어 준다.

이근배 시인은 김대건 신부 탄생 200주년 기념 시집 『내 안에 너 있으리라』 출판을 주재하고, 그 출판기념회 행사를 위해 긴 남조 시인을 초대한 터였는데, 김남조 시인은 이근배 시인에게 당신의 나이를 분명하게 귀띔한 거다.

점심을 마친 후 시집출판 기념회 행사장으로 자리를 옮겼다. 제1부는 출판기념회와 시집 헌정식, 제2부는 시낭독회와 축하 공연이다. 행사장으로 들어가는 입구에서 일행은 모두 위드코로나로 많이 완화되기는 하였지만, 코로나19 확인 절차를 밟은 후에 입장해야 했다.

김남조 시인은 입장하는 사람들과 함께 순서를 기다리면서 절차를 밟고 정해진 초청 인사석에 앉았다. 그리고는 세 시간 가량 진행되는 행사 내내 자리 한 번 옮기지 않고 꼿꼿한 자세로 자리를 지켰다. 당신의 시낭독 순서가 되자 휠체어에 앉아 자작시 「성소」를 낭독하였다. 낭독하는 시를 듣기에 행사장이 좀 어수선해서 사회자에게 시를 낭독할 때는 음악을 중단해 주실 것과 낭독이 끝나면 시의 여운을 위해서 그에 맞는 음악을 연주해 줄 것을 요청하였다. 청중을 배려하는 넉넉함과 카리스마가 느껴졌다.

나는 서울시인협회 회장과 '월간시인'을 발행하는 인연으로 2017년 이후 꼭 세 차례 김남조 시인을 가까이에서 뵈었다. 첫 번째는 2017년 프레스센터 20층 국제회의장에서 열린 '윤동주 100년의 해' 행사에서였고, 두 번째는 2017년 5월 세종문화회관에서 열린 '지용문학상' 시상식장에서였다. 김남조 시인의 지용문학상 수상작은 「시계」였다.

> 그대의 나이 90이라고
> 시계가 말한다
> 알고 있어, 내가 대답한다
> 그대는 90살이 되었어
> 시계가 또 한 번 말한다
> 알고 있다니까,
> 내가 다시 대답한다
>
> 시계가 나에게 묻는다
> 그대의 소망은 무엇인가

내가 대답한다

내면에서 꽃피는 자아와

최선을 다하는 분발이라고

그러나 잠시 후

나의 대답을 수정한다

사랑과 재물과 오래 사는 일이라고

시계는 즐겁게 한판 웃었다

그럴 테지 그럴 테지

그대는 속물 중의 속물이니

김남조 시 「시계」 전문

피천득 선생님과의 인연

아침이슬 같은 무지개 같은 그 순간 있었느니

비바람 같은 파도 같은 그 순간 있었느니

구름 비치는 호수 같은 그런 순간도 있었느니

기억만이 아련한 기억만이 내리는 눈 같은 안개 같은.

피천득의 「기억만이」라는 제목의 시이다. 너더댓 행밖에 되지 않는 짧은 시지만 감동은 수백 행의 시 못지않다.

생전에 나는 피천득 시인을 수도 없이 만나 뵈었다. 모두 원고 청탁하기 위해서였다. 그 무렵 '주부생활' '엘레강스' 여성잡지 편집자였던 덕분에 아주 여러 번 선생을 만났다. 특히 '엘레강스' 데스크였던 대학 선배는, 유난히 피천득 시인의 수필을 좋아했다. 그래서 수시로 수필을 청탁하라고 했고, 새로 원고를 쓰실 수 없으면 재수록 허락이라도 받으라고 채근하였다. 「오월」「내가 사랑하는 생활」「서영이」「인연」「시골한약국」 등이 그때

청탁했거나 재수록으로 받아 실었던 작품들이다.

나는 원고를 받으러 청량리 밖에 있던 서울사대에도 들렀고, 신수동 자택에도, 대학로 샘터사 부근으로도 만나 뵈러 갔었다.

지금도 잊을 수 없는 건 신수동 자택에 방문했을 때였다. 아마 그 당시 유행하였던 국민주택 형으로 지은 자그마한 자택이었을 거다. 현관 벨을 누르면 주인보다 먼저 몇 마리인지 알 수 없는 강아지들이 쪼르르 달려와 낯선 손님을 맞곤 하였다. 주인을 닮아서였는지, 요란하게 짖어대는 강아지는 한 마리도 없었다.

선생님은 방문할 때마다 늘 커피 잔 앞에 앉은 내게 회사 일 바쁘지 않으면 쉬었다 가라고 했다. 그러면서 방송DJ로 활동하던 장남 세영 씨보다는 미국에 유학 중이라는 따님 자랑을 많이 했다. 그래서 강아지 이름도 따님 이름처럼 지어, 그 강아지를 부를 때마다 따님을 생각한다고 했다.

흔히들 피천득 하면 수필가로 더 유명하다고 한다. 하지만 내가 만나 뵐 때마다 "내가 쓴 수필은 사실 아무것도 아니야." 하면서 당신은 스스로 시인이라는 말씀을 자주 했다.

해마다 오월이 되면 그 피천득 시인이 그립다.

김대규 시인은
큰형님 같았다

나의 고향은

급행열차가

서지 않는 곳

친구야

놀러 오려거든

삼등 객차를

타고 오렴

경기도 안양시 양지동 946번지

 내 사무실 책상 옆에는 지금 김대규의 시 「엽서」가 인쇄되어 있는 엽서가 한 장 붙여져 있다. 1966년 대학 2학년 때, '시문학'으로 등단한 지 한두 해가 지났을 무렵인가, 경희대 친구 윤채한을 통해 김대규 시인을 소개받았다. 입대 후 월남전을 체험하고 제대하고, 1974년 첫 시집을 낼 때까지 김대규 시인을 자주, 많이 만났다.

나의 20대 후반부터 30대 초반까지는 거의 모든 스케줄 속에 김대규 시인과 '시와시론' 동인들이 지배한 셈이다. 기억은 희미하지만, 김대규 시인을 처음 만난 건 종로 2가 파고다 아케이드인가에 있던 '오끼화실'에서였다. 그 화실은 '시와시론' 동인이던 김옥기 시인이 운영하던 곳이다.

김대규 시인은 내게 조병화 시인에게서 받은 개인 엽서를 보여주었다. 조병화 시인은 김대규 시인을 '시의 서부인'이라는 호칭으로 불렀다.

아아, 서부인! 멋진 카우보이 모자에 권총을 차고 황야를 달리는 서부인! 그만큼 김대규 시인은 담대한 포부를 지닌 멋진 시인이었다. 랭보를 이야기했고, 슈르리얼리즘을 아느냐고 물었고, 영국 시인인 오든이나 스펜더를 알아야 한다고 말했다. 또한 자기는 천재니까 요절할 것이라고도 말했다.

그러다가 제대 후 직장 일에 파묻혀 차츰 안양과 김대규 시인과 '시와시론'과는 소원해지기 시작했다. 다만 같은 동인으로 동생뻘인 평택 출신 박석수 시인과는 편집장이자 동업자로서 자주 만나곤 했는데, 그 편에 김대규 시인의 소식을 듣고 안부를 전하곤 했다. 그 무렵 박석수 시인은 소설문학 편집장, 고려원 편집장, 자유문학 편집장을 거쳐 한겨레출판사 편집부장으로 직장을 자주 옮겼다.

한겨레출판사에서 낸 김대규 시집 『사랑의 팡세』가 100만부 밀리언셀러가 된 것은 한참 후였다. 시집이 대박을 터뜨리자 나는 서부인 같았던 김대규 시인의 문학적 순결이 더럽혀진 것 같아 쓸쓸해졌다. 올해는 꼭 묘소를 찾을 생각이다. 미안해, 형!

AI가 쓴
시를 읽고

시를 쓰는 이유를 묻지 말아 주십시오
그냥 쓰는 것입니다.
쓸 수밖에 없기에 씁니다.

무엇을 쓰는지는
중요하지 않습니다.

시를 쓴다는 것은
세상에서 가장 짧은 말을 하는 것입니다.

말을 줄이는 것입니다.
줄일 수 있는 말이 아직도 많이 있을 때
그때 씁니다.

교보문고에서 사가지고 온 시집 『시를 쓰는 이유』의 표제시表
題詩 「시를 쓰는 이유」 일부다. 생각이 복잡해진다. 이 시가 만약
신춘문예나 문예지 공모전에 응모하면 당선작으로 뽑힐 수 있
었을까? 이 궁금증에 대한 답을 지금은 할 수 없겠다. 이 시가 사
실은 '사람'이 쓴 시가 아니라 인공지능AI이 쓴 시이기 때문이
다.

AI가 시를 쓴다는 소문과 시집으로 출간된다는 소식은 진작
에 알고 있었다. 그러나 정작 실제로 출간된 인공지능 시집을 만
나는 건 낯설다. 아마도 앞으로도, 이 시집의 뒤를 이어 많은 인
공시집이 쏟아져 나올지도 모른다.

인공지능은, 인간 시인들처럼 고통 속에서 머리를 쥐어짜며
한 편의 시를 겨우 쓰는 인간과는 다르다. 간단히, 명령어를 입
력하면 하루에도, 아니 한 시간에도 몇 편, 몇 십 편 몇 백 편도
'생산'이 가능하다.

물론 시를 생산하는 기술이 조금 더 발달한다면 다른 공산품
처럼 대량 생산도 가능할 거다.

시집 표지에는 슬릿스코프, 카카오브레인이 지은이로 적혀
있다. 지은이가 사람이 아니라 AI(인공지능)이다.

다만 이것을 기획한 연출가이자 미디어 아티스트인 김재민
씨와 인공지능 연구자이자 소프트웨어 개발자인 김근형 씨가
운영자인 동시에 개발자인 듯하다. 공동 저자로 이름을 올린

'카카오브레인'은 다양한 의문과 생각을 가진 분야별 전문가들이 모여 일하는 AI 전문회사 이름이다. 이 그룹이 시아SIA라는 '인공지능' 시인을 탄생시킨 거다.

편집 마감에 쫓겨 아직은 시 한 편, 한 편씩 정독하지는 못했다. 인공지능 시인의 이 시집을 정독한 후에, 기회가 되면 독후감을 쓰게 될지도 모르겠다.

노천명의
사진 한 장

시인 노천명이 조선일보사에 입사한 것은 스물두 살 때인 1938년이다. 조선일보사에서 1941년까지 근무했다. 4년 남짓 조선일보 기자로 있으면서 조선일보가 발행하는 '여성'지의 편집자로서 일했으나 제2차 세계대전의 전황이 급속도로 악화되자 조선총독부는 한글로 발행되는 모든 신문 잡지를 폐간 조치하는 바람에 1941년에 퇴사한다.

그 무렵 조선일보사에는 여러 문인들이 근무하고 있었다. 학예부장은 김기림 시인이었고, 이상 시인도 잠시 근무했으며, 백석 시인은 직장 동료였다.

단편적인 자료에 따르면, 조선일보사 근무 당시 노천명 시인은 백석 시인을 무척 사모했다고 알려졌다. 대표작 「사슴」이 사실은 백석을 사모하는 마음을 담은 작품이라는 거다. 특히 "모가지가 길어서 슬픈 짐승이여"라는 구절은 바로 백석의 풍모를 묘사한 구절이라는 거다.

그러나 이 소문은 조금 과장된 것 같다. 노천명이 백석을 사모한 것은 분명한 사실로 보이지만 시 「사슴」은 조선일보사를 입사하기 몇 년 전인 1934년 조선중앙일보 학예부 기자 시절에 발표했기 때문이다. 그러나 당시 서울 장안 최고 인기 기자이자 시인이자 인텔리였던 멋쟁이 백석을 사모한 것만은 사실이다.

반면 노천명을 짝사랑한 시인도 있다. 다름 아닌 김기림 시인이다.

김기림은 노천명 시인에게 한동안 마음을 빼앗긴다. 어느 눈 오는 겨울밤에 김기림이 노천명의 집으로 찾아와 밤이 깊도록 노천명이 만나 주기를 기다렸으나 나오지 않아 되돌아간 적도 있다. 이 사실은 노천명의 절친으로 얼려진 소설가 최정희가 "그의 구두 발자국이 댓돌 앞까지 왔다가 되돌아나갔어. 김기림 씨 하면 그의 시보다 그날 밤 천명이네 집 마당 눈 위에 남긴 발자국이 먼저 떠올라." 한 신문에 기고문에서 밝히면서 알려졌다. 김기림은 노천명에게 진심으로 프러포즈하였으나 웬일인지 노천명은 그의 구애를 칼같이 거절했다는 거다.

노천명 시인과 그 무렵 가장 가까이 지냈던 친구들로는 시인 모윤숙, 소설가 최정희, 이선희 등이 있다. 그중에서 모윤숙과 최정희, 노천명은 '문단의 3총사'라고까지 불릴 정도로 친했다.

아무개 아무개
시인님

　며칠 전 어느 지방자치단체가 주관하는 문학행사에 참석한 적이 있었는데, 내빈 소개 순서 때 "아무개 시인님" "아무개 시인님" 하는 호칭으로 스무 명이나 되는 시인을 소개한다. 시인뿐만이 아니라 "아무개 작가님" "아무개 작가님" 하면서 작가들을 호명하기도 한다. 존경하는 뜻에서 높임말인 '님'자를 사용하는 것 같다. 하지만 지나친 존칭이라는 생각이 들어 불편하다.

　우리 사회에 언제부터인가 지나치게 높여 부르는 풍조가 생겼는지는 모르겠다. 예를 들면 '고객' 또는 '손님'하면 될 것을 꼭 '고객님' '고객분' 하며 극존칭에 가까운 호칭으로 부르는 건 예사다.

　'시인'이라든가 '작가'란 단어에 이미 존경하는 뜻이 포함되어 있다. 여기에 굳이 접미사 '님'자를 붙일 일은 없다. 시인을 가리켜 서는 굳이 '님'자를 붙이지 않는 게 더 자연스러울 거다. 이런 사소한 호칭 하나에도, 눈에 보이지 않는 우리 사회의 허례

허식이 스며든 것 같다.

내가 지나친 높임말 호칭으로 부르는 데 대해 비판하는 것은 젊은 시절부터 오랫동안 언론사에 근무하며 몸에 밴 관행 때문이다. 신문사에서는 직급이 편집국장이면 그냥 아무개 국장으로 호칭한다. 처음엔 그것이 거북했는데, 가만히 생각해 보니 그게 오히려 민주적이다. 상대방을 앞에 두고 대화를 할 경우에도 '아무개 국장님'보다는 '아무개 국장'이라고들 했다.

신문사뿐만 아니라 방송국에서는 피디는 '아무개 피디' 취재기자면 '아무개 기자'라고 했지, 여기에다 '피디님' '아무개 기자님' 하지는 않는다. 지나치다 싶게, 존칭형 호칭을 사용하는 사람들은 혹시 나중에라도 "신세를 져야겠다" "부탁을 해야겠다"는 불순한(?) 의도가 있기 때문이 아닐까 하는 추측도 가능하다.

시집을 주고받을 때도 '사백詞伯'이니 '시백詩伯'이니 하는, 조선왕조 시대 선비들이 사용하던 유산 같은 호칭을 붙이는데, 이것도 불편하다. 그리고 또 하나! 자기의 작품을 가리킬 때는 '졸고拙稿'니 '졸저拙著'니 하는데, 이것도 본심과는 다른 위장된 겸양이다. '형편없는 원고'를 왜 기고하며 '형편없는 저서'를 왜 주고받는가 말이다. 그냥 정직하고 알기 쉽게, '시인' '열심히 쓴 원고' '열심히 쓴 책' 정도가 적절한 표현이라고 생각해 본다.

앤솔로지
운동

8.15 해방 후 한국에서 동인지 운동이 적극성을 나타낸 시기는 대개 혼란과 불안정으로 고통 받던 시대였던 것으로 보인다. 6.25 한국전쟁 전후 여러 동인지들이 피난지 수도 부산과 대구 등에서 발간되었던 것과 4.19 민주혁명을 겪고 광주항쟁을 치른 급박한 현실 속에서 동인지 운동은 더욱 활발해진다. 가난한 시인들이 용돈을 아껴가며 돈을 모아 힘겹게 발간하던 동인지 형태의 앤솔로지는 발표 지면을 확장하는 데서 한 발 더 나아가 문학적 자기 구원의 성격을 지닌다.

어느 시절이든 시인들의 문학에 대한 열정은 용광로의 쇳물처럼 식을 줄 모른다. 모두 나이 들어 원로가 되어 지금은 후학을 이끄는 입장이지만 30대 초반에는 모두 패기만만한 지성인들이었다. 그들은, 작품 경향에 따라 동인同人을 구성하고, 주기적으로 만나 서로의 작품에 대한 의견을 교환하고, 그 결과를 경쟁적으로 앤솔로지에 담아서 간행한다. 문덕수 박희진 박재삼

성찬경 박성룡 이성교 이경남 등은 앤솔로지『60년대사화집』을 내면서 열정을 과시하였고, 신동문 강민 권용태 송혁 등은 동인지『현실』에 담아내면서 면학과 시운동을 병행하였다. 또한 이형기 성춘복 등을 중심으로 한 시인들은『시단』을 내면서 앤솔로지 동인지 운동에 가세하였다.

2014년 시잡지를 창간한 후 2년 동안은 지독한 3무三無의 연속이었다. 서점에서 문예잡지를 사는 독자가 없고, 문학잡지에 광고든 후원이든 나서는 기업독지가 없으며 시인들마저 어렵게, 어렵게 발행되는 종이로 발행하는 시잡지에 대해 무無반응이었다.

이는 2014,2016 3년간『지하철 시집』을 단행본 시집 시리즈로 내면서 절감하였다. 우리나라 시인 숫자가 10,000명을 훨씬 오버하는 엄청난 양적 팽창을 한데 비해, 형식과 내용을 제대로 갖춘 시잡지가 너무나 빈약하다는 사실이었다.

그렇다면 누구라도 나서서 제대로 된 시잡지를 만들어 '시민에게서 멀어져가는 시를 되찾아 와야 하지 않겠느냐'는 소박한 일념으로 2014년 내가 시잡지를 창간한 거다.

그런데 시잡지를 내는 일이, '달걀로 바위 깨기 격'이라는 상투적인 표현대로 고난의 길이라는 것을 알게 되었다. 시잡지를 포기하나? 그래도 내야 하나? 하는 고민 끝에 마침내 '앤솔로지

시운동'을 펼치자는 결론에 이르렀다.

요즘은, 디지털 시대라는 요즘은 1920년대 국권을 망실했던 일제강점기 시대보다도, 1950,60년대 전쟁과 사회혼란으로 고통 받던 시대보다도 문학 환경은 더 나빠졌다. 따라서 디지털과 배금적 개인 욕망이 극도로 팽배한 지금, 가족은 물론 사회적 인간 관계가 모두 해체되고 뿔뿔이 흩어진 극고독極孤獨 상태의 디지털 시대인 지금 시인들은 유목遊牧의 들판에 내던져진 존재가 된 거다. 이런 시대일수록 시인은 시가 없으면 시인으로서의 동력을 상실한다. 시인은 시와 연대하지 않으면 자기 목소리를 낼 수 없다. 설사 낸다고 해도 들을 사람도 없다. 이는 마치 벙어리 형刑을 강제당하는 지경인 셈이다,

시인이 시인이라는 자각을 스스로 하는, 자각하여 행동하는, 행동하여 힘을 얻는, 시인의 연대화를 위해서 나는 동인지(앤솔로지) 운동을 줄기차게 밀고나갈 각오가 되어 있다.

김수영 시인의 금이빨

　김수영 시인이 선린중학 1학년인가 2학년 중학생 때의 겨울에 있었던 일이다. 어둠이 자욱해질 때까지 동대문 스케이트장에서 열심히 스케이트를 타다가 그만 전깃줄에 걸려 넘어진다. 무릎이 으깨지고 앞니가 몽땅 부러진다. 그래서 할 수없이 그는 노란 금이빨을 두 번 한다. 한 번은 중학생 때 스케이트 타다가 이를 부러뜨린 직후이고 한 번은 6.25때다.

　6.25 한국전쟁 때 김수영은 미처 피난가지 못하고 서울에 남아 있다가 인민군에 붙들려 평안북도 개천으로 끌려간다. 그곳에서 한두 달 가량 훈련을 받은 뒤 평양 부근에 배치되었고, 유엔군이 평양을 점령하자 도망쳐 서울로 돌아온다. 그러나 서울에서 인민군 잔류대원으로 오인되어 충무로 파출소 앞에서 경찰에 체포된다. 그 길로 김수영은 인천을 거쳐 거제도 포로수용소에 수용된다.

　훗날 김수영 시인의 대표작이 되는 시 ｜어느 날 고궁을 나오면서」에는 갈비탕을 시켰더니 기름덩어리가 잔뜩 붙은 갈비가 나와 이를 주인에게 화내는 자신의 모습을 그리면서 "왜 나는 조그마한 일에만 분개하는가"라고 자책하는 구절이 있다. 이 시에 거제도 포로수용서 시절 이야기가 나온다. "너어스(간호원)들과 스폰지를 만들고 거즈를 개키고 있는 나"라는 대목이다.

그는 거제도 포로수용소에 3년 갇혀 있었지만 그때 이야기를 거의 하지 않았다. 다시는 거제도 수용소 생활을 돌이키고 싶지 않았을 거다. 당시 거제도 포로수용소에는 인민군 15만 명과 중공군 2만 명이 수용되어 있었다. 수용소는 또 하나의 전쟁터였다. 친공親共과 반공反共으로 나뉜 포로들은 밤마다 충돌한다.

김수영은 영어회화를 잘하는 덕택에 미군 외과병원장의 통역으로 차출되어 무서운 화를 면할 뿐만 아니라 병원장의 '빽'으로 수용소에서 다시 금이빨을 튼튼하게 해 넣는다.

이 금이빨 이야기를 김수영은 산문에 쓴 적이 있다. 누구랑 마주앉아 술이라도 한 잔 마시기만 하면 말이 빨라져 속사포처럼 쏟아내곤 했는데, 그때마다 금이빨을 빼내어 술상 위에 내려놓고는 이야기에 열을 올리곤 했다. 그것이 늘 화근이다. 금이빨을 물 잔에 넣어두었다고 생각하면서(틀니는 물속에 넣어두어야 다시 낄 때 부드럽다) 술 주전자 속에 넣기 일쑤다. 그래서 그와 술을 자주 마신 사람들은 김수영 시인의 금이빨이 든 주전자의 술을 마셔야 했다.

6.25 한국전쟁 피난 시절 부산 초량동에서 김수영과 함께 잠시 하숙을 함께 한 적이 있는 소설가 김중희는 여러 차례 그런 일을 겪는다. 깡소주를 마신 어느 날 새벽 목이 타는 듯 하여 머리맡에 둔 주전자를 끌어당겨 벌컥벌컥 물을 마시다가 주전자 뚜껑을 열어보니 아차차! 주전자 안에는 김수영의 틀니가 들어 있었던 거다.

　　김수영 시인은 생전에, 자주 미제 금이빨의 '완강함'을 미국의 힘, 미국의 세계 전략과 비교하면서 "이 금이빨은 미제니까." 하면서 시니컬하게 웃곤 했다. '금이빨과 미제'를 대입하는 것과 같은 엉뚱한 사고방식이 김수영 시인의 독특한 화법이다. '미제 금이빨'과 미국의 힘의 경우처럼 어머니의 손과 시, 시의 자유와 38번, 고드름과 냉전 해빙 등… 서로 어울리지 않는 것들을 대입시켜 그것을 통해 극적인 이미지를 창출해내는 것이 시인으로서의 그의 능력이다.

사회적 테러와
홀로 싸운 시인

우리나라 근대문학 1세대 시인이자 작가인 김명순(1896~ 1951)은 평양에서 태어나 1911년 서울 진명고녀를 졸업한 후 일본 유학에서 돌아와 조선일보 동아일보 매일신보 등에서 기자로 활동한다. 이런 활동을 하는 동안 김명순은 조선의 유력 인사들에게서 성희롱과 추행을 당하지만 그냥 물러서지 않는다.

그러나 당시 남성들이 판을 치는 남성우월주의 사회에서는 아무도 귀담아 듣지 않는다. 오히려 그녀를 '성적으로 방종한 여성' '남편을 다섯 번 갈고도 처녀 시인 행세'라며 그녀를 매도한다.

김명순 시인의 아명은 탄실彈實이다. 그녀는 5개 국어를 구사할 정도로 외국어 실력이 뛰어났고 독일어 노래를 원어로 부를 정도로 음악적 재능이 있었으며, 미모도 뛰어났다. 일본 유학 시절 여러 청년 문사들에게 사랑 고백을 받았다. 학업을 마친 후에는 신문기자, 영화배우로도 활동했다. 요즘 말로 하자면 '엄친

딸'의 모든 조건을 다 갖춘 셈이다.

하지만 이런 재능이 그녀를 불행하게 만든다. 일본 유학 시절 도쿄 교외 아오야마 연병장 숲에서 함께 데이트 중이던 일본군 소위 이응준(1890~1985, 훗날 대한민국 최초의 육군참모총장)으로부터 성폭행을 당한다. 이 충격으로 그녀는 강에 뛰어 들어 자살을 시도했지만 구출되었다. 하지만 당시 언론은 이 사건을 평범한 남녀 간의 사랑이라고 치부하면서 사실 관계를 왜곡하여 보도한다. 오히려 김명순이 이응준을 짝사랑하다가 실연당하자 자살을 시도한 것으로 보도한다.

이를 소설가 김동인(1900~1951)은 사실을 왜곡하는 소설을 발표한다. 소설 제목은 『김연실전』이다. 이 소설의 영향으로, 김명순 시인은 '스캔들로 유명했던 여류 문학가'로, '방종하고 타락한 존재'로 전락시킨다.

그녀에게 성폭력을 가한 가해자 이응준 소위는 승승장구 대한민국 국군 최고직인 육군참모총장에 오르는 등 호화로운 삶을 산다. 성폭행 당한 그녀의 고통을 소설을 통해 비아냥하듯 표현한 소설가 김동인 역시 우리나라 최고 문단의 권력자로 삶을 마친다.

> 조선아 내가 너를 영결할 때
> 개천가에 고꾸라졌던지 들에 피 뽑았던지

죽은 시체에게라도 더 학대해다오

그래도 부족하거든

이다음에 나 같은 사람이 나오더래도

할 수만 있는대로 또 학대해 보아라

그러면서 서로 미워하는 우리는 영영 작별된다

이 사나운 곳아 사나운 곳아

김명순의 시 「유언」 부분

김명순 시인은 이런 굴욕에 담대하게 버틴다. 수필 「네 자신의 우에」에서 자신의 아명 탄실이를 불러대며 "눈물을 거두라. 이제 한 번은 단지 너를 위하여 일어나 보자. 모든 것을 저버리고 모든 인정을 물리치고 이제 다시 일어나자."라며 스스로를 격려한다. 또 다른 수필 「내일 없는 이야기」에서는 "당신들은 나를 비웃기 전에 내 운명을 비웃어야 옳을 것이다. 나는 이 지경에 겨우 이르렀어도 힘 있는 대로 싸워왔노라."라고 역설한다.

1924년 발표한 자신의 아명을 제목으로 한 시 「탄실의 초몽」에서도 "온 하늘이 그에게 호령하다/ 전진하라 전진하라"고 노래하여, 절망 속에서 "자신의 길을 굽히지 않고 나아"가겠다고 스스로를 북돋우며 자신의 아픈 상처를 세상에 알린다.

진보적 신여성이라고 자처하는 여성들도 김명순을 외면한다.

진명고녀 동창 나혜석이나 친구 김일엽으로부터도 도움을 전혀 받지 못한다. 남성은 물론이고 여성들조차 그녀의 재능을 시기하고 질투한 거다. 얼굴만 예쁜 게 아니라 똑똑하고 작품까지 잘 썼으니 마치 김명순 시인은 여성들에게는 '공공의 적'이 된 셈이다.

이런 상황을 이겨내려고 김명순 시인은 홀로 조선 사회와 승부를 벌인다. 그녀는 소설 『탄실이와 주영이』에서 성폭행을 당한 사실까지도 용기 있게 고백한다.

그녀는 결국 조선사회의 이런 분위기를 이기지 못하고 1939년 일본으로 건너간다. 그리고 1951년 도쿄의 아오야마 뇌병원에서 사망한다.

우리를 더욱 슬프게 만든 것은 그녀를 괴롭힌 가해자들의 공공연한 행각이다. 그녀를 괴롭힌 남자들은 대부분 친일파다. 성폭행 가해자인 이응준은 물론 펜을 휘둘러 2차 가해를 한 김동인, 문학평론가 김기진도 모두 친일파였으며, 그녀를 탕녀라고 비난한 소설가이자 목사인 전영택(1894~1968) 역시 마찬가지다.

나도 잘 쓴
한 페이지가 있다

천양희 시집을 하필이면 왜 마감을 앞두고 읽었을까? 오월호 '한 편의 시를 위한 여행' 화보는 박용철 시인의 고향을 취재할 생각이었다. '한 편의 시를 위한 여행' 화보는 그달 작고한 시인을 취재하여 소개하곤 했기 때문이다.

박용철 시인은 5월 12일에 작고하였다. 당연히 박용철의 고향 광주를 다녀오려고 했는데, 수소문해 봐도 시인의 묘소가 어디에 있는지 알 수 없었다.

그때 천양희 시인에게서 받은 시집 『새벽에 생각하다』를 읽게 되었다. 심쿵! 요즈음 젊은 애들이 잘 쓰는 말 그대로, 내 심장이 주저앉는 것 같았다. 이제까지 읽었던 천양희 시집들과는 달랐다. 어떤 시는 송곳 같기도 하고 어떤 시는 마음을 안마해 주기도 하고 어떤 시는 주먹질하는 것 같고 또 어떤 시는 냉철해서 나의 영혼이 그만 송두리째 얼어 버릴 것 같았다.

그 시들 중에서 백석에 대한 시가 두 편 있었다. 백석의 「흰 바람벽이 있어」를 떠올리게 하는 작품과 일산 백석역을 지나면서 백석의 고향 정주와 연인 자야를 그리워하는 내용이었다.

그 이튿날 나는 천양희 시집 한 권 들고 도쿄행 비행기를 탔다. 오래 전부터 일본 유학 시절 백석을 취재해야겠다며 별렀었다. 그런데 지금 당장 다녀오라며 천양희 시인이 채근하는 것 같았다. 첫날은 백석이 다닌 청산학원 캠퍼스를 둘러보고 백석이 하숙했다고 알려진 집을 찾아 낯선 주택가 골목을 헤맸다. 그 다음날은 백석이 일본 유학 시절에 쓴 단 두 편의 시의 무대였던 '가키사키 해안'으로 향했다.

이즈 반도의 이즈큐시모다 역까지는 두 시간이 더 걸린다. 나는 열차를 타자마자 다시 시집을 읽기 시작했다. 차창 밖으로는 일본인들이 "황홀하다"고 찬탄하는 바다와 동화 같은 마을 풍경이 그냥 스쳐 지나간다.

쓸쓸한 영혼이나 편들까 하고

슬슬 쓰기 시작한 그날부터

왜 쓰는지를 안다는 말 생각할 때마다

세상은

아무나 잘 쓸 수 없는 원고지 같아

쓰고 지우고 다시 쓴다

쓴다는 건

사는 것의 지독한 반복 학습이지

치열하게 산 자는

잘 씌어진 한 페이지를 갖고 있지

말도 마라

누가 벌 받으러

덫으로 들어가겠나 그곳에서 나왔겠나

지금 네 가망可望은

죽었다 깨어나도 넌 시밖에 몰라

그 한 마디 듣는 것

이제야 알겠지

나의 고독이 왜

아무 거리낌 없이.너의 고독을 알아보는지

왜 몸이 영혼의 맨 처음 학생인지

천양희의 시 「시라는 덫」 전문

생애 마지막
시낭독

　김남조 시인은 올해 아흔둘이다. 설명하기 민망하지만, 우리 시단의 최고령이다. 내가 1974년 첫 시집 『유민』을 출간하여 보내드렸더니, 직접 전화를 거서서 "매우 훌륭한 시집"이라고 칭찬하며 저녁을 함께 하자고 약속했다.

　약속 장소인 북창동의 일식집 '남강'으로 갔더니, 한승헌 변호사와 함께 먼저 와 계셨다. 천방지축 신출내기 신인에 지나지 않은 내게 용기를 듬뿍 담은 덕담을 해주셨다. 내게는 평생 잊지 못할 한 장의 앨범 같은 추억이다.

　그때 김남조 시인은 (실례가 안 된다면) 40대 후반의 눈부신 미모였다. 나직하게 말하던 그 음성은 얼마나 사람을 감싸고 분위기를 압도하던지 잊혀지지 않는다.

　그랬던 김남조 시인을 다시 만난 건 2014년 시잡지를 창간한 무렵 주최했던 '윤동주 100주년의 해' 행사, 정지용 문학상 수상식, 효창동 댁 능에서 여러 자례 뵈었나. 그리고 원고성딕을 하기 위해 전화를 드렸을 때도 "봄이 와서 좀 건강이 나아질 때는 쓰겠다"고 약속했다.

그 김남조 시인이 자작시를 낭독하는 자리에 참석했다. 문학의집 서울에서 '대한민국예술원 회원 작품 낭독회'에서다. 이 낭독회는 김남조 시인의 낭독으로 시작했다.

호명을 받고 객석에서 낭독대로 오르실 때는 부축을 해야 했다. 하지만 정작 시를 낭독할 때는 꼿꼿하고 단정하게 서서 한 단어 한 단어 분명하고 맑은 음성으로 낭독을 마치셨다. 참석자들은 모두 기립박수를 보내는 마음으로, 오랫동안 박수로써 노시인에 대한 존경의 마음을 보냈다.

그날 낭독했던 김남조 시 「사막15」 전문이다.

사막이여

당신은 영험한 의사이니

나를 고쳐주십시오

명징한 거울이니

나를 비춰 주십시오

헐렁한 관용이니

나를 용서해 주십시오

천하의 무량함이시니

나를 채워 주십시오

눈뜨고 오래 기다린 새벽이니

푸른 새날로 오십시오

그러나 이를 거절하시어도

나는 당신을 바라보겠습니다

그저 그러고 싶습니다

(2020)

펄벅 여사와
공초 오상순

1960년 11월 2일 오후 4시, 국내외 신문기자들은 반도호텔 (현재 롯데호텔 자리) 다이너스티 룸에 모였다. 1931년 노벨문학상 수상자이자 세계적인 여류소설가인 펄벅 여사를 취재하기 위해서였다.

펄벅 여사는 "오래 전부터 오고 싶었던 한국 땅을 밟게 되어 기쁘다"고 말했다. 그해 4월은 4월 민주혁명이 성공하여 민주당 정부가 들어선 때다.

펄벅 여사는 명동의 서라벌다방으로 11월4일 공초를 만나러 왔다. 장편소설 『대지』 3부작으로 노벨문학상을 받은 펄벅 여사는 9일 동안 머물렀는데, 그 바쁜 일정 속에서도 공초 오상순 시인을 만나러 방문한 거다.

공초보다 두 살 위인 펄벅은 공초가 담배를 좋아한다는 소문을 어디서 들었는지, 국산 고급 담배인 '사슴' 두 갑을 사갖고 와 공초에게 선물한다. 그리고 오상순의 '청동문학'에다 "어둠을 불평하기 보다는 차라리 한 자루의 촛불을 켜라”는 메시지를 영문으로 적어 넣는다.

그 후 펄벅 여사는 생애 아홉 차례나 한국을 방문하여 전쟁고아를 돌보는 활동을 펼친다. 1964년 미국 필라델피아에 전쟁고아와 혼혈아동을 돕기 위한 비영리 국제기구인 펄벅재단을 설립하고, 1965년 봄부터 해마다 한국을 방문하며 1967년 부천 심곡동에 훗날 펄벅재단 한국지부가 되는 ‘소사희망원’을 건립한다.

특히 1963년 펄벅 여사는, 스스로 찬란한 시대라고 평가한 1900년의 한국을 배경으로 한 장편소설 『살아 있는 갈대』를 출간하여 남다른 한국 사랑을 표현했다.

펄벅 여사와 한국은 특별한 인연이 있다. 펄벅 여사가 1920년대 중국 난징대에서 여운형, 엄항섭 등 한국 독립운동가의 자녀를 가르친 일도 있고, 중국 신문에 “한국은 마땅히 자치 정부가 있어야 한다”는 논설을 쓴 일도 있다. 또 1941년 미국에서 동서협회를 조직해 이승만, 유일한 등을 초청해 강연을 주선하기도 했으며, 자신이 편집하는 잡지 ‘아시아’에 일본의 미국 침공을 예견한 이승만의 저서 『재팬 인사이드 아웃』의 내용이 모두 사실이라며 미국인이 읽기를 촉구하는 글을 쓰기도 했다.

RM은 윤동주 같은
시인이 되고 싶었다

아베 전 일본 총리는 그동안 눈엣가시로 여겼던 한국을 짓밟
으려고 작심한 것 같다. "강제징용 노동자 보상하라"는 한국 대
법원 판결 때문이라고 날을 세우지만 꼭 그런 것 같지는 않다.
아예 이참에 "잘 걸려들었다 맛 좀 봐라"라는 식으로, 감히 세
계경제 2위 대국 일본 본때를 보여주려는 모양새다.

그 모습을 바라보는 내 가슴은 답답하다. 공중파 방송들이 쏟
아내는 일본상품 불매운동은 물론이고 어느 정신 나간 청와대
고위관리는 한 술 더 떠 동학농민군이 불렀다는 '죽창가'를 들
이대질 않나 못난 대통령은 선조 임금 앞에서 "신에겐 배가 열
두 척이나 있사옵니다"라고 조아리며 바다로 나가 일본 수군을
전멸시킨 이순신 장군을 들먹이기도 한다. 이런 답답하고 한심
한 때 인터넷에 사진 한 장이 올라온다. 사이다 같은 시원한 사
진이다.

방탄소년단 멤버 RM(남준)이 언덕을 올라간다. 단풍이 곱게 물들고 잘 정리된, 자하문 고개 터널 앞 왼쪽 언덕 길이다. 바로 윤동주 「서시」 시비를 찾아가는 '윤동주 시인의 언덕'이다. 이 사진 한 장으로 일본은 다시 발칵 뒤집혔다.

이 사진을 올리기 며칠 전 일본 아사히 TV는 출연하기로 되어 있던 방탄소년단 인터뷰를 전격 취소했다. 일방적으로 아무런 이유 설명도 없이 취소해 버린 거다.

방송국이 이유를 설명하지 않아도 이미 그 이유를 방탄소년 단은 알고 있다. 지민이가 입고 찍은 티셔츠 등 쪽에 원자폭탄 투하 사진이 있기 때문이다. 일본인들은 '욱일기'라든가 '원폭 투하' 같은 데 민감하다. 이것을 정통으로 건드린 꼴이 되고 만 거다. 일본인들은 '원폭투하'를 거론하는 데는 신경질적으로 반 감을 나타내면서도 정작 원폭 피해를 입은 조선인 등 피해자들 에게는 냉담하다.

이 사진에 달린 일본인들의 댓글 중 방탄소년단을 옹호하는 댓글도 많다. koyukiny라는 아이디는 "여러분 RM이 생각이 깊 고 똑똑한 거 다 아시죠? 시기적으로 아무런 의미 없이 올린 사 진이 아니란 건 아마 아미들이라면 다 눈치 챘을 거예요. 그리고 아미 분들 혹시 이 사진으로 논란거리 생길까 걱정하는 듯한데, 우익 놈들 지들끼리는 이 사진 가지고 까더라도 절대 이 사진으 로 국제 이슈화는 못해요. 그럼 윤동주 시인이 일본에 저항한 시인으로 감옥에서 일본의 생체실험에 희생되어 죽었다는 거 알려지고, 자기들만 국제사회에서 병신 된다는 거 누구보다 잘 알고 있어요. 이 건으로 물고 늘어지면 그땐 진짜 일본우익들 전세계 아미들에게 욕 처먹고 국제적으로 개망신당해요. 평소 똑똑한 RM의 성향을 볼 때 이런 사진을 이 시기에 올린 의도는 분명히 있다고 봅니다."

mono라는 네티즌은 "RM은 누구보다 성숙하고 스마트한 청년이기 때문에 이 사진을 보며 아미들은 말없이 속으로만 남준이가 무엇을 말하고자 하는지 알고 있죠. 젊은 가수는 저렇게 노력하는데 정치한다는 사람들이 나 몰라라 한다는 게 어이없죠. 나라에서 보호해 줘야 하는데, 국격을 높여 주면 뭐하냐구요."

jjklove는 "한국과 일본이 원폭 당사자라니요! 원폭은요. 미국이 기습적 진주만 침략에 대한 보복으로 일본에 투하했죠! 당사자가 누구인가요? 피해자는 누구인가요?"

또 minejj는 "일본인들은 히로시마에 원폭을 투하한 미국을 대놓고 비난하면서 오히려 일본군에 짓밟히고 잡혀가서 원폭까지 겪은 피해자를 옹호하는 방탄소년단이 입은 광복기념 티셔츠 하나 가지고 저리 나오니 RM이 윤동주 시인의 정신을 기리면 뭐합니까? 언론이 팩트를 못 잡는데, 아 속상해요. 진짜. 왜 조상이 희생된 나라의 후손들이 희생된 조상의 기념관 가는 것조차 가해자 후손들 눈치 봐야 하나요? 독일은 잘못을 인정하고 반성하는데 나치 기는 수치스럽다고 독일을 손가락질하며 자기네들은 전범기 들고 시위합니까.”

방탄소년단 남준. 우리는 이 청년을 RM이라고 부른다. 그는 시를 사랑하고 시인이 되는 게 꿈이었다는 청년이다. 자전거 타기와 산책을 즐긴다는 RM이 지금 뒤통수가 가렵지는 않은지 궁금하다. 남준RM의 행보는 정말 멋지다.

#헐버트 #으악새
#무궁화 #쌍문동 #혐구산
#압록강 #묵호 #홍지서점
#국수주의자 #태극기
#피맛골 #시인통신
#고물

으악새는 가을에 울지 않는다

원로가수 고복수가 부른 가요 중에 "짝사랑"이란 곡이 있다. "으악새 슬피 우니 가을인가요"로 시작하는 이 가요는 노랫말 그대로 "으악새가 슬프게 우는 것을 보니 가을이 온 모양이구나" 하는 애절한 내용이다.

그런데 '으악새'가 어떤 새냐고 물으면 대부분 잘 알지 못한다. 우리나라 새 이름 중에는 울음소리를 흉내 낸 의성어를 이용하여 만들어진 것들이 많은데, 뻐꾹새, 뜸북새, 제비, 종달새가 그렇다. 그러므로 으악! 으악! 하고 우는 새여서 '으악새'라고 하지 않았을까.

그런데 조류도감에는 '으악새'라는 새가 없다. 국어학자 서정범 교수는 『어원별곡』이라는 저서에서 "으악새는 새 이름이 아니고 풀이름이다. 으악새의 표준어는 억새"라며 "가을이 되면 풀이 가을바람에 불려 슬피 우는 소리가 나는 것을 운다고 비유한 것"이라고 밝혔다.

그러나 서정범 교수의 주장도 틀렸다. 지난 2013년 "짝사랑" 노래를 작곡한 손목인 탄생 100년을 맞아 『손목인의 가요인생』이란 유고집이 출간되었는데, 이 책 속에 손목인이 작사자 박영호에게 노래에 등장하는 '으악새'가 도대체 어떤 새냐고 묻는 대목이 나온다.

박영호의 대답이다. 어느 날 뒷산에 올라갔는데, 아래쪽에서 으악, 으악 하는 새 울음소리가 들리길래 그냥 으악새라고 했다는 거다. 박영호의 이 말을 들으니 수긍이 간다. 1절과 2절의 가사가 댓구로 맞아떨어지기 때문이다.

아~ 아~ 으악새 슬피 우니 가을인가요

고복수 곡 "짝사랑" 1절 중에서

아~ 아~ 뜸북새 슬피 우니 가을인가요

고복수 곡 "짝사랑" 2절 중에서

으악새와 뜸북새의 댓구. 그러니 으악새는 갈대를 가리키는 '억새'가 아니라 진짜 새를 가리키는 것이었다. 그렇다면 으악! 으악! 하고 울었다는 그 새는 어떤 새일까?

조류학자들이 해석한다. 조류도감에 '으악새'란 새는 없다. 그렇다면 작사자 박영호가 발견한 새로운 종일까? 아니다. 조류학자들은 바로 '왁왁'거린다고 해서 '왁새'란 이름이 붙은 우리 나라 새 '왜가리'가 바로 '으악새'라고 주장한다. 얼핏 들으면 왁왁거리는 것처럼 들리는 '왁새'―이것이 바로 '으악새'였던 거다.

작고,
말랑말랑하다

나의 하루 일과는 책방 산책이다. 공짜로 책도 구경하고 고즈넉한 분위기도 즐긴다. 책방은 가장 좋은 휴식 장소다.

그런데 책방의 책들이 달라졌다. 예전에 보던, 그런 책이 아니다. 평생 잡지며 단행본을 만들어 왔다고 자부하는 나도 깜짝 깜짝 놀란다.

그 이유가 분명하다. 독자들이 바뀌어서다. 선호하는 취향이 바뀌고, 읽고 싶어 하는 책이 바뀌어서다.

이렇게 바뀐 책들을 가리켜 "작고, 말랑말랑하다"는 한 마디로 말하고 싶다. 다른 분야는 몰라도 적어도 인문학—그중에서도 시집과 에세이집은 거의 모두들 판형이 작아지고 제목과 꾸밈이 말랑말랑해졌다. 책의 볼륨은 얇아지고 무게가 가벼워진 거다.

10여 년 전만 해도, 책이라면 적어도 신국판(152mm×225mm)이나 국판(148mm×210mm)은 되어야 책다웠다. 그보다 작은 규격의 책은 왠지 초라해 보인다.

지금은 시집이고 에세이집이고 간에 46판(128mm×182mm)이 대세다. 문학과지성, 문학동네, 창비 같은, 서점들이 무시하지 못하는 메이저급 시집 출판사들의 시집은 아직도 30절판(125mm×205mm)을 고수하고 있기는 하다. 하지만 46판 시집 출판의 흐름을 영원히 막기는 어려울 것으로 보인다.

책의 규격은 작아지지만 본문은 단조로운 단색 인쇄에서 컬러 인쇄로 예쁘게 단장한 시집과 에세이집들이 쏟아져 나온다. 디카 영향으로, 누구나 다 사진작가가 되는 신세대 필자들이 주력 필자가 된 게 가장 큰 이유이기는 하지만 독자들이 흑백 인쇄본보다 컬러 인쇄본을 좋아하기 때문일 거다. 인쇄비 면에서도 단색에 비해 컬러 인쇄비가 그리 비싸지 않은 이유도 있겠다.

제목의 변화도 그야말로 혁명적이다. 「마음의 고향」 「사랑의 배신」처럼 명사와 명사 두 단어를 조합하여 제목을 짓던 시대와는 굿바이한 지 오래다.

교보문고 진열대에 있는 시집 몇 권의 제목을 훑어 보자.

『사랑인줄 알았더니 부정맥』 『마음이 향하는 시선을 쓰다』 『이만하면 다행인 하루』 『제 인생에 답이 없어요』 『우주적인 안녕』 『누가 입을 데리고 갔다』 『우리가 함께 장마를 볼 수도 있겠습니다』 『가볍지만 가볍지 않은』 이런 식이다.

홍지서점의
마룻바닥

전주를 대표하는 홍지서림을 만나니 무척 반가웠다. 내가 70-80년대 출판사를 운영하던 시절 거래하던 서점이다.

며칠 전 전주 지방에 갔다가 동문 길에 있는 일신서림 한가네 서점 등 헌 책방을 돈 다음 맨 나중에서야 그 골목에 있는 홍지 서점에도 들렀다. 홍지서점을 나중에 들른 것은 신간만 취급하는 서점이었기 때문이다. 물론 헌 시집이 있을 리 없다.

그런데 책을 사려는 사람들이 책값을 계산하는 카운터 앞의 마룻바닥이 맨질맨질하게 닳아져, 바닥이 다 벗겨진 채 속살을 드러내는 장면이 눈에 띄었다. 어찌 보면 서점의 형편이 군색해 보일 수도 있겠다. 그리 큰돈이 아니더라도 마룻바닥쯤이야 수리할 수도 있었을 텐데… 하는 생각을 하다가, 순간 고개를 가로 저었다. 아니지. 이건 서점으로선 훈장 같은 것이겠다. 멋진 비경秘境 같은 것일 수도 있다.

홍지서점의 서가가 있는 마루들은 아직도 새것인 것처럼 바닥 상태가 그대로였는데, 유독 카운터 앞만 겉이 다 닳아 있는 것이다. 얼마나 많은 사람들이 이 계산대 앞에 와서 책을 사고, 돈을 내곤 했겠느냐. 그래서 단단한 마룻바닥이 저리도 닳아 버린 게 아니겠느냐. 이 장면 하나는 홍지서림의 연륜과 책을 사랑하는 전주 사람들의 아이콘이라고 할 수 있겠다.

홍지서점에 들른 시간이 점심시간이어서 손님은 별로 없었다. 나는 다 다 닳아 버린 카운터 앞 마룻바닥을 손으로 만져 보다가 스마트폰으로 찍으면서 "좋아요!" 하고 속으로 외쳤다.

좋은 풍경이다!

소중한 장면이다!

70년대 말 일본에 출장 갔을 때 도쿄 신주쿠 한 서점 앞에서 "책은 국력!"이라고 쓴 표어를 보고 일본을 얼마나 부러워했던가. 그 장면에 다름 아니다.

나는 '서점에 직접 가서 책을 사 읽는 독자들'을 좋아한다. SNS다, 디지털이다, 인터넷이다, 전자책이다 하는 다매체 시대이기 때문에 더욱 더 서점에서 책을 사서 읽는 사람들이 고마운 것이다.

꼭 책을 사지 않더라도 책방에 가끔 들어가기만이라도 하자. 책에서 뿜어져 나오는 종이 냄새는 샤넬 NO5 이상이다.

성은이
망극하옵니다

　"훈민정음 창제는 문자 생활을 송두리째 바꾼 혁명이었습니다." 한글학회 연구위원이자 훈민정음가치연구소장인 김슬옹 교수는 한 언론과의 인터뷰에서 말한다.

　한글 전도사로 유명한 김슬옹 교수는 한글을 주제로 다양한 논문과 저서를 출간했다. 그중에서 『한글 혁명』은 역저 중의 역저다. 이 책에서 김교수는 한글 창제를 혁명으로 볼 수밖에 없는 이유를 설명한다. "한글은 사람의 말소리뿐만 아니라 온갖 자연의 소리를 가장 정확하게 적을 수 있는 문자"라면서 "이는 알파벳과 한자가 갖지 못한 미덕"이라고 했다.

　한글의 우수성을 인정하는 세계의 언어학자들은 한둘이 아니다. 존 로스 목사는 "현존하는 문자 가운데 가장 완전한 글자"라고 했고, 호머 헐버트 박사는 "세종의 한글 창제는 인류사의 빛나는 업적"이라고 했으며, 네덜란드 라이덴 대학의 프라이트 포스 교수는 "한국인들은 세계에서 가장 좋은 문자를 발명했다"면서 한글을 극찬하고 있다.

유네스코에서는 1989년 세종대왕상을 만들어 해마다 문맹률을 낮추는 데 공적을 끼친 단체나 개인에게 상을 주고 있다.

미국 캘리포니아 주 의회는 2019년 '캘리포니아 한글의 날'을 기념일로 제정했다.

1997년 유엔은 '훈민정음'을 세계기록유산으로 지정하기도 했다.

세종 임금님이 어떻게 5백 년 후의 미래를 내다 보셨을까. 컴퓨터 시대의 '최적의 문자'로 한글을 창제하셨다는 점이 놀랍다. 한글은 어떤 문자보다도 디지털 문자를 입력하는 데 뛰어나다. 중국어나 일본어의 경우 한자변환과 같은 과정을 거쳐야 한다. 한글은 스마트폰 입력은 물론 컴퓨터 워딩이 빠르고, 빅데이터 축적이 가능하다.

곧 컴퓨터 자판 대신 음성인식 시대가 될 것이다. 그때에도, 같은 음소문자인 알파벳보다 한글은 하나의 모음이 하나의 소릿값을 가지기 때문에 음성인식에서도 뛰어난 기능을 발휘할 수 있을 거다. 4차 산업혁명 시대에 우리가 디지털 강국이 된 데에는 그 중심에 한글이 있다.

574주년 한글날을 맞으면서 감사인사 올린다.

"성은이 망극하옵니다."

헐버트 박사의
묘

한글은 세계에서 가장 우수하다. 이는 움직일 수 없는 팩트다. 장편소설 『대지』로 노벨문학상을 받은 작가 펄벅까지도 "한글은 전 세계에서 가장 단순한 글자이며, 가장 훌륭한 글자"라고 극찬하였다.

이렇게 우수하고, 배우기 쉬운 한글도 세종대왕이 '훈민정음' 이란 이름으로 창제할 때만 해도 현재처럼 쉼표도 없었고 마침표도 없었고 띄어쓰기도 하지 않았다.

지금 우리가 사용하고 있는 띄어쓰기와 마침점 사용 등을 최초로 도입한 분이 있다. 우리나라 국어학자가 아니라 외국인이다. 그의 이름은 호머 헐버트 박사(1863-1949)다. 한글의 띄어쓰기 도입은 "온 백성으로 하여금 훈민정음을 쉽게 쓰게 하겠다"는 세종대왕의 위업을 완성하는 실천 작업이었다. 그러나 호머 헐버트 박사가 없었다면 지금도 우리는 불편하고 답답한 상태로 한글을 쓰거나 읽을지도 모른다.

23세 미국인 청년 호머 헐버트는 1886년 조선 정부의 요청을 받고 서양문화와 영어를 가르치기 위해 조선으로 들어왔다. 조선 생활을 시작한 헐버트 박사는 3년 만에 '선비와 백성 모두가 반드시 알아야 할 지식'이라는 뜻의『사민필지士民必知』를 편찬하였다. 이 책은 한글로 씌어진 조선 최초의 교과서다.

　헐버트 박사의 한글 사랑은 대단했다. 서재필, 주시경 등과 함께 '독립신문'을 만들었는데, 이 신문은 최초로 한글을 띄어쓰기해 기사를 썼다. 헐버트 박사는 주시경 선생과 함께 한글을 연구했고 이 과정에서 자신이 연구하고 발표했던 한글의 띄어쓰기를 이 신문 기사 작성에 도입했던 거다.

　이 공로로 헐버트 박사에게 1950년 대한민국 정부는 외국인 최초 대한민국 건국공로 훈장을 수여했고, 2014년 한글날에는 금관문화 훈장을 추서했다.

　한국 땅에 묻히기를 원했던 헐버트 박사의 소원대로 1949년 별세한 후, 서울 마포구 합정동 '양화진 외국인 선교사 묘역'에 안장했고, 헐버트 박사의 묘비에는 이런 유언이 새겨져 있다.

　나는 웨스트민스터 사원보다 한국 땅에 묻히기를 원하노라.

'헐버트 박사의 묘'의 한글 휘호는 김대중 전 대통령이 썼다.

세상의 모든 책은
사람이다

전국 방방곡곡 헌책방을 찾아다니면서 시집 쇼핑(?)을 한다. 처음에는 가치 있는, 값도 좀 나갈 듯한 명품시집 위주로 시집을 사 모으기 시작했다. 그러다 보니 흔하게 눈에 띄는 시집들도 적지 않다. 거의 모든 헌책방에는 용혜원, 이해인, 김초혜『사랑굿』, 도종환『접시꽃 당신』같은 시집들이 한두 권씩은 있을 정도로 많다.

이 시집들이 흔한 이유가 뭘까 추측하면, 실제로 가장 많이 팔린 시집이라고 해도 되겠다. 다만 최근 서점가의 베스트셀러인 나태주 시집이 헌책방에서 잘 눈에 띄지 않는 것은 시집들이 출판된 지 얼마 되지 않았기 때문일 거다.

그동안 내가, 서울, 안양, 수원, 강릉, 대구, 천안, 청주, 광주, 강릉, 춘천, 인천, 부산, 전주, 파주 출판단지 등, 서점의 위치를 확인한 후 찾아다닌 서점들만 해도 50여 곳에 이른다. 물(?)이 좋은 서울과 부산 지역 어떤 서점은 서너 번 들르기도 했다.

시집 쇼핑 2년째인 지금은 관심 갖는 시집이 좀 다르다. 명품 시집이 거의 구하기 힘든 탓도 있지만, 시집을 모으는 내 목표가 달라진 때문이다.

지금은 '족보'에 있는 시집들—예를 들자면, 시집을 전문으로 간행하는 출판사의 시집, 한국 시단의 주류라고 할 수 있는 시인들의 시집, 이미 작고한 저명한 시인들의 시집—을 보이는 대로 구입해 두자고 생각을 바꾸었다.

그러다가 헌책방 간판에서 아주 의미 있는 '간판' 하나를 발견했다. 서울 신촌에서 동교동 가는 중간 언덕배기에 있는 '글벗서점' 간판이다.

세상의 모든 책은 사람이다

부산 보수동 헌책방 거리 입구 '보수서점'에는 "사람이 만든 책보다 책이 만든 사람이 더 많다"는 간판이 있다. 둘 다 맞는 말 같다. 표현이 재미있다.

아무튼 이런 간판을 내걸고 헌책을 버리지 않고 책을 찾는 독자를 기다려 주는 서점이 있으니까, 중고서점 쇼핑을 중단할 수 없겠다.

슬픈
무궁화

무궁화는 우리나라 국화이다.

그러나 나라에서 '국화'로 결의하거나 법령으로 공포하지는 않았다. 자연발생적으로 국화가 되었다는 거다.

무궁화가 사실상 국화가 된 것은 언제부터일까? 아주 오랜 옛날부터라는 설도 있다. 하지만 본격적으로 무궁화가 국화로 등장하여 거론되기 시작한 시기는 구한말 개화기 때부터라는 게 정설이다. 외래문물이 쏟아져 들어올 때, 민족의 자존을 높이고 열강들과 대등한 위치를 유지하고자 국화의 필요성을 인식하게 되었는데, 남궁억과 윤치호 등 선각자들이 협의하여 무궁화를 국화로 하자고 결의하였다.

곧이어 만들어진 애국가의 후렴에도 "무궁화 삼천리 화려강산, 대한 사람 대한으로 길이 보전하세"라는 구절이 들어가게 되고, 이 노래가 불려지면서 무궁화는 명실공히 국화로 자리잡게 되었다.

을사늑약 이후 한국을 강점한 일본 당국은 무궁화가 눈엣가시였다. 태극기와 함께 민족과 조국을 상징하는 강력한 존재여서 무궁화를 우리에게서 멀리 떼어 놓으려는 갖은 술책을 꾸몄다. 그래서 무궁화를 볼품없는 지저분한 꽃이라고 경멸하여 비하했으며, "무궁화를 보면 눈병이 난다"느니 심지어 "눈이 먼다"고까지 하여 멀리 하도록 학생들에게 가르쳤다.

이렇게 일본 제국주의의 핍박을 받아온 무궁화를 윤동주 시인이 화장된 장소로 추정되는 일본 후쿠오카 시내 이바루 화장장을 취재하다가 만났다. 후쿠오카 도심에서 남서쪽으로 조금 떨어진 아부라야마산油山 산자락에 자리잡은 후쿠오카 시 장제장葬制場 영구차 주차장 한켠에서였다.

지금은 완전 현대식으로 새로 지어진 화장장이어서 그 옛날 윤동주 시인의 시신을 아무렇게나 화장해 버린 흔적은 조금도 남아 있지 않다. 하지만 이 무궁화를 만나는 순간 숨이 탁 막히고 먹먹해지며 눈물이 치솟았다.

무궁화 옆에 부용나무 한 그루가 화려한 모습으로 활짝 피어 있는 데 비해 무궁화는 채 자라지도 못한 듯이 키가 작았고 피어 있는 꽃송이조차 벌레가 먹고 시든 모습이었기 때문이다.

혈구산 정상의
태극기

태극기를 생각하면 금세 떠오르는 추억이 있다. 십여 년 전 산행을 열심히 할 때, 강화도 혈구산 정상에 올라 휘날리는 태극기를 보았을 때다. 그리고 이보다 훨씬 젊은 시절 베트남전쟁에 맹호부대 병사로 참전하였을 때, 자주 사단 연병장에서 전사자 봉송식을 하면서 전사자들의 관을 덮어놓은 태극기를 보았을 때다.

정상에 태극기가 있는 산이 적지 않지만 유독 혈구산 태극기가 오래도록 머릿속에서 떠나지 않는 이유는, 아마 태극기 깃봉옆에 놓여 있던 '한반도의 중심'이라는 표석 때문일 거다. 표석에는 '백두산 정상까지 495킬로미터, 한라산 정상까지 486킬로미터'라는 문구가 새겨져 있다. 이 표석은 태극기와 함께 특별한 느낌으로 나의 뇌 속에 저장되었다.

베트남전쟁 맹호부대 사단 연병장에서 만난 태극기야 더 말해서 무엇 하랴. 애국가를 부르며 눈물을 흘리며 보낸 전사자 중에는 파월 동기들도 가끔 섞여 있다.

그래서 봉송식에서 휘날리는 태극기의 잔상은 내 평생을 덮고 있는지도 모른다. 말하자면 태극기는 내가 살고 있는 나라이며 민족이고, 사람인 동시에 나의 시대와 삶 그 자체이다.

운동선수가 아니어서 직접 그들의 마음가짐이 어떨지 다는 알 수 없지만, 국가대표로 선발되어 가슴에 태극기를 달고 출전하는 선수들도 태극기는 국가를 대표한다는 숙연하고 경건한 자부심이 되리라는 건 상상하기 어렵지 않다. 태극기는 본디 그런 모습이어야 한다.

그런데 태극기는 최근 참으로 많이 훼손되고 비판의 대상이 되고 있다. 잘잘못을 따지기보다 너무 많이 망가져 안타깝다.

태극기는 영원하다. 영원한 대한민국의 아이콘이고 민족의 상징이다.

지금이라도 땅에 떨어져 진흙이 묻은 태극기를 모두 집어 올려 깨끗하게 빨고 다려서 다시 멋진 모습으로 우리 가슴 속에 휘날리게 해야겠다.

묵호에서는
철학도 문학도
모두 개똥이다

사실은 처음부터 묵호에 가려던 건 아니었다. 서울 사람들에게는 무슨 로망처럼 정동진 일출을 보고 싶어 하고, 아내 역시 여행가자고 하여 정동진엘 갔었다.

자정이 다 되어서야 출발하는 청량리발 정동진행 열차를 타고 새벽에 내려, 거대한 배 모양의 호텔까지 걸어 올라가 전국 어디서나 다 똑같을 일출을 본 다음 내친 김에 부채살 해변을 걸어서 그럭저럭 묵호까지 걸었다. 묵호는 '어쩌다' 들르게 되었는데, 그만 묵호에 홀리고 말았다.

"장화 없인 살아도 마누라 없인 못 산다" 이 무슨 생뚱한 말씀이냐? 젊은 시절 다니던 대학교가 서울에서도 그 유명한 "마누라 없인 살아도 장화 없인 못산다"는 흑석동이었는데, 몇십 년 만에 뒤통수를 된통 맞은 셈이다. "맞아 맞아" 하며 아내는 앞장서 오른다. 조금 전 우리는 '모모의 하루'인가 뭔가 하는 커피 집에서 쓴 커피를 마셨고 묵호시장에서 간단히 점심도 든 터라 소화도 시킬 겸 어슬렁어슬렁 돌아다니다가 동문을 나와 언덕 위로 보이는 마을로 오르던 길이다. 고만고만한 집들이 제 자리 겨우 비집고 들어앉아 있는, 이곳은 마치 박태순의 소설 「정든 땅 언덕 위」에 등장하는 마을 같다. 이름도 예쁘게 '논골담길' 마을이다. 마을은 제법 요모조모 구석구석 앙징맞은 골목을 품고 있다. 바로 그 논골담길 마을 입구에서 "마누라 없인 못산다"는 글과 맞닥뜨린 거다.

논골담길 마을은 떡 하니 자기 배를 소유한 부자 선주들은 살지 않는다. 가난한 어부들이 사는 마을이라는 건 골목 담에 그려져 있는 벽화들을 보고도 단박에 알 수 있다. 다시 머리를 한 대 퉁 하고 맞는 듯한 낙서 한 줄을 만난다. "묵호에서는 삶도, 철학도, 예술도, 인문학마저도 모두 길가의 개똥입니다."

시며 문학이며 인문학을 주절대는 이들을 향한 통쾌한 질타이자 자유분방한 시적 고백 아닌가. 최근 별세한 이승훈 시인은 생전 인터뷰에서 이렇게 말했다. "내 시의 종말이 내 시의 목적이고 내 시의 목적이 내 시의 종말이다."

이 화두까지 들먹일 필요도 없다. 저 동해바다가 내려다보이는, 묵호의 작은 마을 언덕에 살지도 모르는 '시인'들은 이미 이것을 해탈하고 있을 거다.

쌍문동?
추억은 희미하지만

드라마 "응답하라 1988"의 현장 쌍문동은 그 당시 실제 어떤 동네였을까?

내가 체험한 쌍문동은 슬레이트 지붕의 허름한 단독주택들 옆으로 연립주택이 나란히 들어서 있던 서울 북쪽 변두리 골목 동네다. 양주가 고향인 내가 고향집에 가려면 의정부와 동두천 행 시외버스를 타곤 하였는데, 그 간선도로에서 조금 벗어난 지역에 있는 동네다.

그 당시에는 동네 주변에 띄엄띄엄 논밭이 남아 있었고, 골목 길과 개천가에는 연탄재나 쓰레기가 버려져 있었다.

그래서 나는 드라마 속 동네 풍경이 낯설지 않다.

쌍문동은 뭐, 특별한 동네가 아니다. 북한산 자락의 미아동이나 수유동, 창동, 번동, 방학동 등 주변 지역의 모습과 거의 다르지 않다. 곳곳에 들어섰던 벽돌공장들이 더 외곽 지역으로 빠져나가기는 했지만 바람이 불 때마다 자주 모래 알갱이나 석탄가루가 섞인 먼지바람이 불어오기도 하는 곳이다.

드라마에서 본 것처럼 서민들 동네라고 하기에도 좀 더 후진 동네였을 거다. 강남 지역 개발 바람을 타고 부동산 열풍이 불 때에도 이 동네는 조용하기만 했다.

어찌 보면 쌍문동은 1980년대 서울의, 그렇고 그런 동네의 하나로, 아마 다른 동네를 드라마 배경으로 했더라도 큰 차이는 없었을 거다.

하지만 쌍문동은 거주 환경이 나쁘기로 유별난 지역이었다. 1990년대 중반까지도 서울에서 대기오염이 가장 심했던 곳이었기 때문이다. 그만큼 생활환경이 열악하여, 요즈음 하는 말로 부르자면 '흙수저'들이 사는 동네라고 봐도 틀리지 않다.

가난한 쌍문동 동네 친구들이 저마다 고민하면서 꿈을 이루기 위해 열심히 노력한다는 드라마 스토리 전개가 마음에 들었다. 누구는 의사가 되고, 비행기 조종사가 되고, 가수나 스튜어디스가 되고, 사법고시에 합격해 변호사가 된다는….

드라마 속의 쌍문동 친구들의 성공 스토리처럼 노력한다고 해서 누구나 다 성공할 수 있는 세상으로 확 바뀌었으면 좋겠다.

그래야 "개천에서 용난다"는 속담을 믿고 열심히 노력하는 청춘이 늘어나지 않겠는가.

고물은
보물이다

　'고물'은 옛날 물건, 혹은 헐거나 낡은 물건, 나이 들고 쓸모없이 된 사람을 비유적으로 이르는 말이다. 보물은 썩 드물고 귀한 가치가 있는 보배로운 물건이다. 요즘 우리 사회에 '고물이 보물'이라는 말이 회자되고 있다.

　'노마지지老馬之智'라는 사자성어가 있다. 제나라 환공이 고죽국 정벌에 나섰다가 봄에 시작한 전쟁이 겨울이 되어서야 끝이 났다. 혹한 속에 귀국하다가 환공은 그만 길을 잃어버렸다. 병사들은 진퇴양난, 두려움에 떨고 있을 때 신하 관중이 말했다. "이런 때는 '늙은 말의 지혜老馬之智'가 필요합니다."

　그의 말대로 전쟁에 많이 참여했던 늙은 말 한 마리를 풀어놓고, 그 뒤를 따라가니 얼마 안 되어 길을 찾는다.

　얼마 전 뉴욕의 거언지 경매에는 첼시 호텔에서 나온 낡은 문 52개가 나왔다. 뉴욕의 첼시 호텔은 예술가들과 작가들이 많이 묵으면서 유명해진 호텔이다. 보수공사를 하면서 낡은 문짝들을 모두 폐기했는데, 짐 조르주라는 남성이 문들을 모두 수거해 그 문이 있던 객실에서 누가 묵었는지 조사하기 시작한다. 그리고 모두 형편없이 망가지고 금이 가고 X자로 폐기 표시된 이들 문은 거언지 경매에서 어느 훌륭한 새 문짝보다 높은 가격에 팔린다.

싱어 송 라이터 재니스 조플린과 레너드 코헨이 하룻밤 같이 지냈던 방의 문은 106,250달러, 화가 앤디워홀의 문은 65,225달러, 기타리스트 지미 헨드릭스의 문은 16,250달러 등이다. 정말 고물이 보물이 된 것이다.

우리 사회에 '꼰대'라는 의미는 고물을 나타내는 '나이 들고 쓸모없이 된 사람'이다.

꼰대들은 한결같이 자신의 생각을 바꾸고 싶지 않고 나이를 떠나서 상대방의 말을 잘 듣지 않고 "내가 왕년에"라는 말을 자주 사용한다.

그런데 요즘 이런 꼰대들이 스스로 생각을 바꾸고 있다. 자신을 고물이 아니고 보물이 되기 위해 노력하고 있는 것이다.

"당신 아직도 고물이십니까?"

"아닙니다. 보물이 되기 위해 거듭나고 있습니다."

늙은 말의 지혜처럼 꼰대가 쓸모 있는 사회를 만들 수 있다면 오죽 좋으랴.

나는
국수주의자입니다

국수라는 말만 들어 보면 한자어 같지만 사실은 면麵을 뜻하는 우리말이다. 요즈음은 '국수'라고 그냥 이야기하면 '잔치국수'를 연상하기 쉬우나 칼국수, 우동, 파스타도 사실은 전부 국수에 해당된다. 쌀가루나 밀가루에 약간의 소금으로 간을 하고 이를 물로 반죽한 다음 국수틀 등의 도구로 뽑아내거나 가늘고 긴 형태로 만든 것은 모두 국수이기 때문이다.

우리나라는 보리농사는 많이 짓지만 밀농사를 많이 짓지는 않는다. 쌀이라는 훌륭한 곡물이 있는데다가 국수를 만들어 먹으려면 밀을 가루로 빻아 완성하기까지의 복잡한 과정을 거쳐야 하고, 또 밀가루를 반죽하여 틀로 뽑아내 말리는 번거로운 과정을 거쳐야 한다.

잔치국수는 싸고 빠르게 한 끼를 때울 수 있는 분식이다. 하지만 옛날에는 부잣집에서도 잔치 때나 동네 아낙네들을 동원하여 겨우 만들어 대접하는 귀한 음식이었다.

국수가 오랜 세월 전해져 오는 곳은 사찰이다. 불교는 육식을 금한다. 그래서 스님들이 별미를 맛볼 수 있는 기회가 별로 없었다. 그래서 하안거나 동안거 등의 고된 수행을 끝낸 후 공양에 나오는 한 그릇 국수를 만나면 절로 미소가 지어진다고 하여 '승소僧笑'라는 별명도 얻었다.

이렇게 전해져 내려오던 '귀한' 국수가 본격적으로 민간에 퍼지기 시작한 건 아무래도 6.25 전쟁 이후부터였을 거다. 미국이 원조해주는 밀(가루)이 대량으로 한국에 풀리고, 때맞춰 정부가 '혼식분식' 장려 정책을 편 덕분에 바야흐로 온 나라는 국수의 전성시대가 열리게 된다. 어디서든 쉽게 접할 수 있는 잔치국수, 비빔국수는 물론, 향토음식인 고기국수(제주), 건진국시(안동), 곰국시(서울) 등 여러 국수들이 사랑받기 시작한다. 그 뒤를 이어 칼국수, 메밀국수 등도 비싸지 않은 값에 한 끼 든든히 채울 수 있는 음식으로 등장하게 된 거다.

북한에서 내려온 간첩들이 남한의 간판을 보고 가장 먼저 놀란 것이 '할머니 손칼국수'였다는 우스개도 한때 유행했었다.

아무튼 지금은 국수의 전성시대가 틀림없다. 이런 시대의 대세에 따라 내 식성도 바뀐 듯하다. 짜장면도 국수다.

내가 '국수주의자'가 된 이유 같지 않은 이유다.

압록강 여행
─ 단둥에서 투먼까지

압록강의 길이는 803킬로미터이다. 우리나라 릿수로 환산하면 2천 리에 가깝다. 중국 둥베이 지방과 북한의 국경을 이루고 있는, 강으로 우리나라에서 가장 길다. 압록강은 중강진 부근의 상류 쪽은 강폭도 좁고 유속도 급하지만 수풍호를 지나 하류로 내려오면 유속이 느려지고 수량이 많아져서 곳곳에 작은 섬이 나타나고 여울도 많다. 압록강 강 연안 북한 땅은 평지가 좁고, 가파른 경사며 협곡이 많다. 11월 말부터 4월 초까지, 거의 여섯 달은 강물이 얼어붙는다. 그래서 수상교통이 불가능한 대신 얼음 위를 걸어서 내왕할 수 있어 예전에는 손쉽게 걸어서 강을 건너다녔다.

압록강을 횡단하는 철도는 3개 선이 있다. 가장 상류 쪽인 혜산과 창빠이 간, 만포와 지안 간, 신의주와 단둥 간을 달리는 철도다. 중국 내륙지방으로 통하는 노선은 신의주–단둥 노선이 가장 빠른데 무슨 이유에서인지 투먼이나 혜산 쪽 노선 열차가 더 자주 다닌다.

단둥에서 유람선을 타고 북한 땅 신의주를 조망하면 그 궁핍한 모습 때문에 가슴이 아파오는 풍경이 펼쳐진다.

나도 으레 다른 관광객들처럼 동물원 구경하듯 그 땅과 그 사람들을 바라본다. 미안하고 부끄럽다. 압록강 단교에는 육이오 당시 중국인민군 사령관 펭덕회를 선두로 위세당당하게 한국으로 진격하는 조형물이 있다. 이 참전을 가리켜 그들은 '항미원조抗美援朝'라고 부른다. 아마 앞으로도 같은 일이 되풀이될 거다. 말하자면 중국은 어떻게든 명분을 만들어 '우방'인 약자 조선을 도울 거다.

단둥에서 하룻밤을 묵은 후 2박3일 동안 압록강 탐사를 시작한다. 이성계 장군이 요동정벌에 나섰다가 회군했다는 위화도를 먼발치서 확인하고 '박작산성'에 들른다. 박작산성 관광안내판에는 호산장성(중국식 명칭)이 만리장성의 동쪽 끝 기점이라고 적혀 있다. 우리가 배운 역사책에는 만리장성의 동쪽 끝은 분명히 산해관이다. 중국 애들은 참 웃기지도 않는다. '호산장성'이 만리장성이라고 우겼으면 성이나 제대로 쌓을 것이지, 이건 한번 쓰고 마는 영화촬영 세트만도 못하다.

단둥을 떠나 압록강 옆 도로를 달려 수풍댐으로 이동한다. 수풍 댐 앞 수풍호 입구에는 국경 경비를 담당하는 중국군 부대가 있다. 수풍호 중국 쪽에는 보조 댐 공사가 한창이다. 북한 땅 강기슭 가까운 곳에는 북한마을이 손에 잡힐 듯하다. 이곳 북한 풍경도 어느 곳이나 마찬가지로 역시 시커멓고 칙칙하다.

선착장에는 배 한 척이 있어 많은 북한 인민들이 배를 타러 내려온다. 흑백 무성영화를 보듯 이 풍경을 지켜본다. 수풍댐을 찾아가 직접 보니 사실상 중국의 소유구나 하는 느낌이 든다.

수풍댐을 나와 탈북자들이 가장 많이 머문다는 장빠이 현에서 하루를 묵는다. 북한 혜산시가 바로 지척인 장빠이 현은 조선족 자치현이다. 그만큼 조선족이 많다.

이곳부터는 압록강 강폭이 좁아져서 큰 개울 정도다. 중국으로 건너오는 것은 일도 아닌 듯 쉬어 보인다. 장빠이 현 거리와 시장에는 북한 탈북자, 탈북자를 체포하려는 북한 보안요원, 중국 공안원, 기획탈북 브로커들이 마구 섞여 있다.

탈북자는 중국으로 건너오자마자 상당수가 중국 공안에게 체포되어 국경 지대의 변방 구류소에 수감된다. 이 변방 구류소를 취재한 적이 있는 작가에게 탈북자 청년은 변방 구류소 감방 벽면에 이런 글귀가 적혀 있다고 이야기한다.

"중국에 오고 싶어 갔나. 굶어 죽기 싫어 왔지."

"아, 원통하다. 연변 땅에서 1년 동안 피땀을 흘렸는데 고작 빈손으로 돌아가는구나."

"살아서도 죽어서도 가고 싶지 않은 땅으로 끌려가는 이 내 신세."

"굶어 죽고 맞아 죽고 잡혀 죽는 불쌍한 조선 청년들아, 단결하여 인민들의 등뼈를 갉아먹는 통치배들을 때려 부수자꾸나.'"

압록강에는 중국 쪽이든 북한 쪽이든 낚시꾼이 하나도 보이지 않는다. 광산의 폐수와 생활 오수와 폐수가 그대로 흘러들어 물고기가 살 수 없다.

그보다도 더 안쓰러운 건 북한 쪽의 민둥산이다. 어쩌면 산들이 그렇게 하나같이 능선에 나무가 없는 건 물론이요 산의 경사면을 모두 돼기밭으로 개간하였을까. 그 밭에는 푸르게 자라는 곡식조차 없다. 하나같이 땅이 붉다. 부족한 식량 자급을 위해 산지를 대대적으로 개간하여 밭을 일구었다는 이야기는 사실이다.

마지막 통과지인 투먼에 도착하여 조중교 앞에 멈춰 선다. 이 다리만 건너면 북한이다. 하지만 건너면 안 된다. 압록강 변의 민둥산, 돼기밭, 물고기도 살지 못하는 오염수…. 가슴이 한없이 막막해진다.

피맛골의 주막
시인통신

1982년도 봄쯤으로 기억한다. 당시 나는 경향신문사에서 발행하는 '레이디경향' 창간 편집장으로 근무했다. 마감이 끝난 뒤 오후에는 으레 시간의 여유가 있어 자주 낮술을 한다.

낮술은 직장인으로서는 용감한 일탈 행위다. 사무실에서 슬그머니 나와 가까운 곳에 있는 광화문 교보문고 뒤쪽 피맛골로 간다. 골목 초입에 아주 허름한 주막이 있는데, 간판이 '시인통신'이다. 그리고 내 인생이 망가질 만큼은 아니고 안 망가질 만큼만 무지무지하게 많은 술을 마신다. 영국의 처칠은 술로 인해 잃은 것보다 얻은 것이 더 많았다고 했잖은가!

당시 서울 종로구 청진동 300번지에 위치한 두 평 남짓한 시인통신에 가면 언론인 김중배, 철학자 황필호, 시인 마광수, 박경용, 수필가 정목일, 화가 이목일, 전위예술가 무세중, 국문학자 구인환, 소설가 오인문, 홍하상, 홀로아리랑 작곡가 한돌, 연극연출가 최유진 등의 예술인들과 주부생활 이형옥 기자와 그곳의 기자들, 조선일보 산 잡지사 박인식 기자 등을 자주 볼 수 있었다.

그 무렵, 손님들은 주인 한귀남 씨를 '누님'으로 불렀다. 서른도 안 된 문학청년(문청)들은 '시인통신 발전연구회(시발연)'라는 듣기도 좋고 발음하기에도 좋은 모임도 만들었다. 하루 종일 이곳에서 마냥 술을 마시면서 술과 문학과 여자, 그리고 정치를 이야기하고 했다. 80년대 그 암흑처럼 답답했던 시절의 정치, 사회, 예술 등에 대해 우리들은 '시인통신'이라는 곳에서 마음껏 마스터베이션한 셈이다.

테이블이 두 개밖에 없던 이곳을 찾는 손님들은 아주 당연히 합석을 한다. 서슴없이 친구가 된다. 흥이 나면 '똥'이라는 별명을 가진 화가 한 분은 테이블에 올라가 고추장으로 천장에 그림을 그렸고, 어느 시인은 고래고래 뽕짝을 불렀다. 하지만 이런 우리들의 섬은 재개발이라는 경제적 논리로 인해 2008년에 사라졌다. 영원한 이별이다.

80년대였던가. 부산 미문화원 방화사건 당시 주동자였던 학생들의 부모가 모여 재판 결과를 걱정하며 눈물을 흘린 곳도 이곳이고, "즐거운 사라" 논란으로 징역을 살고 나온 마광수 교수가 처음 출소 인사를 하러 온 곳도 이곳이다. 아끼는 후배가 여자 친구와 헤어지고 나서 죽네 사네 하면서 폭음을 한 곳도 이곳이다.

003

#국뽕 #하늘공원
#이순신 #백발 #초단편
#문학청년 #트로트 #윤여정
#외로움부 #챗GPT #ROKA
#스타벅스 #키오스크
#배달의 민족 #N분의 1
#우체통 #BTS

키오스크
세상

내가 '키오스크'를 처음 본 건 이십여 년 전 일본 출장 때다. 지하철을 탈 때 보면 플랫폼마다 키오스크란 작은 가게가 있다. 신문잡지를 비롯해 검이나 음료수 등 간단한 일상용품을 파는 잡화 가게다.

그런데 이런 일본 키오스크와 달리 요즘 우리 주변의 음식점이나 패스트푸드점엘 가면 거의 모든 가게에 키오스크가 설치되어 있어 주문은 여기에 하도록 되어 있다. 맥도날드나 롯데리아 같은 햄버거 점들은 진작부터 키오스크를 설치해 자동 주문을 받고 있었는데, 지금은 거의 모든 업종의 가게들이 키오스크를 설치하고 주문을 받는다. 코로나 바이러스와 인건비 상승 때문에 도입한 듯하다. 그래서 인간 대신 키오스크가 맡게 된 셈이다. 쇼핑, 택시, 음식 배달까지 모든 것을 가능하게 한 스마트폰도 하나의 '모바일 키오스크'라고 할 수 있다.

키오스크는 원래 신문, 음료 등을 파는 작은 매점을 뜻하는 영어 단어였지만 지금은 기술의 발달로 자동화된 무인 단말기를 뜻한다. 무섭게 빠른 과학의 발전은 우리가 사는 세상을 정신없이 변화시키고 있는 것이다. 편리한 것은 좋은데, 이 변화하는 환경에 중-노년 세대가 적응하기 어렵다는 게 문제다.

식당에서도 종업원을 불러 원하는 음식을 시킬 수도 없고 영화 한 편을 보려고 해도 '까다로운' 키오스크를 이용해야 하니 도시 생활 자체가 몹시 불편해져서 이른바 '키오스크 우울증'에 빠지는 노인들도 있다는 소문도 들린다. 그러나 키오스크를 두려워하지 마시라고 내가 극복한, 손쉬운 방식 몇 가지를 알려드리겠다.

① 평소 다니던 매장이 키오스크로 바뀌었다고 해도 그런 매장을 피하지 않는다. 일단 키오스크 앞에서 해 보고 잘 안 되면 종업원을 불러서 도움을 받는다. 옆에서 주문을 하는 젊은이가 있다면 그에게도 용감하게 도움을 요청하라. 그리고 그들이 하는 말을 따라 실제 주문해 보면서 배운다.

② 매장에 가기 전에, 구글이나 네이버 등 사이트에 "키오스크 사용법"을 검색해서 올라온 정보를 하나하나 보면서 배워둔다.

③ 유튜브를 자주 이용하는 분은 "키오스크를 쉽게 사용하

는 법"을 치면 유튜버가 화면을 보여주며 알기 쉽게 설
명하는 화면이 뜬다. 움직이는 동영상으로 설명하기 때
문에 이해하기가 무지 쉽다.

문학청년과
신춘문예 병

신춘문예 시즌이다. 문학청년들은 나이와 관계없이, 이때만 되면 병에 걸린다. 이름 하여 '신춘문예 병'이다.

문학을 지망하는 사람들에게는 습작 시절이라는 통과의례 과정이 있는데, 신춘문예는 말하자면 그 통과의례 중 가장 치열한 과정이나 다름없는 병의 원천이요 치료제다.

'신춘문예 병'은 각 신문사들이 1면에 신춘문예 현상 공모 사고를 내는 11월말 초쯤에 발병한다. 신문이나 인터넷에서 신춘문예라는 활자가 눈에 들어오는 순간 가슴이 뛴다. 혈관 속에서 들끓는 문학의 소리가 들린다. 이런 흥분된 상태는 응모 마감일까지 계속된다.

이때쯤, 계절은 가을이 끝나고 겨울이 서서히 찾아오는 때다. 심장과 피는 더워지지만 몸은 추워지고 마음은 기대 불안 초조감으로 냉온탕을 들락거린다.

신춘문예에 당선한다는 기대감으로 뜨거워졌던 문학적 피가 당선작 발표와 함께 순식간에 얼음처럼 차갑게 식는 기다림의 시간이 찾아오는 것도 미리 알아둘 필요가 있다. 신문사에 응모작을 보내놓고, 당선 통보가 올 때까지 약 두세 주. 그 막연한 기다림 속에 빠진 대개의 응모자들은 폭음을 마다하지 않는다. 확신과 장담은 시간이 지날수록 초조해지고 불안해지고 마침내 허탈해진다.

크리스마스 이브가 지날 때까지 당선통보가 오지 않으면 더 이상 기다리지 말라는 신춘문예 당선 선험자들의 충고가 있어도, '혹시' '혹시' 하는 기다림은 새해 1월1일자 신문에 실린 당선자들의 얼굴 사진과 빛나는 작품들을 읽은 뒤에야 끝난다.

이어 쓰나미 같은 부끄러움이 엄습한다. 신춘문예 병의 잔인한 결말이다. 그 엄습한 부끄러움이 결국 시인으로 성숙하게 하는 아름다운 상처로 아무는 거다. 낙방의 쓰디쓴 고배를 드는 순간 다시 "다음 해에 보자" 하는 다짐으로 자기가 맞이할 문학의 봄인 진정한 '신춘'을 기다릴 수 있는 사람에게는 희망은 늘 주머니 속에서 만져진다.

오래 전부터 신춘문예는 '문예고시'로 통할 정도로 그 권위와 위상이 하늘 높은 줄 모르게 높아졌다. 그래서 신춘문예 시즌이 돌아오자 나 역시 그 병에 걸렸었던 문학청년의 병이 다시 도지나 보다.

초단편
유행 중

넘쳐나는 정보와 콘텐츠 속에서 시간적 여유를 누릴 수 없는 현대인들이 많다. 그래서 책을 읽는 데 쓸 시간마저 부족하다고 말하는 사람들이 꽤 있다. 장편소설은 물론이고 단편소설조차 읽을 시간이 없다는 거다.

긴 글은 독자들이 읽는 게 부담스러워 외면한다. 물론 시도 그렇다. 우리 삶의 구조가 속도 사회로 변화면서 생긴 소비패턴 때문이다. 그래서일까. 요즈음은 '초超단편' 문학이 대세다.

초단편 문학을 가리켜 '플래시 픽션'이라고도 부른다.

새삼스러운 현상 같지만 이미 오래 전에 '초단편' 장르의 작품으로 독자들에게 환영을 받은 작가가 있다. 20세기 초 「노인과 바다」를 발표한 헤밍웨이다. 헤밍웨이는 「한 번도 신지 않은 아기 신발 팝니다」라는 초단편을 발표한 적이 있다. 단 여섯 단어만 사용한 초단편이다. 스마트폰을 마냥 손에 붙인 채 살아가는 현대인들에게 이런 초단편 문학이 가장 잘 어울리는 장르로 떠오른 건 시대의 흐름이라고 할 만 하다.

「연기가 사라지는 동안의 이야기」「담배 한 개비 피우는 동안 즐길 수 있는 이야기」「에스프레소 한 잔 마시는 동안」 등등 최근 화제가 되고 있는, 다양한 느낌이 담겨 있는 초단편 작품들은 소설뿐만 아니라 시에도 적용할 수 있다.

이와 같은 짧은 글은 SNS 덕분에 더 위세를 떨친다. 이미 휴대전화 문자메시지, 카카오톡 같은 무료 문자메시지 서비스가 엄청나게 발달하고, 글자 수 140자로 제한된 트위터 등 단문 스타일의 유행이 빠른 속도로 퍼지기 때문이다.

어쨌든 이런 짧은 글에 대해 어느 시인은 "시 한 편은 30초면 읽는다. 그러나 잔상은 오래 간다"며, 현대인은 "30초 만에 읽을 수 있고 잔상 오래가는" 글에 목말라하는 사회가 되었다고 말한다.

캐나다의 여류 소설가 앨리스 먼로는 지난 2013년 노벨문학상을 수상했는데, 역대 노벨문학상 수상자 중 최초의 단편소설 작가라는 점에서 주목받고 있다. 평론가들은 "짧은 이야기가 작은 이야기는 아니다"라며 그녀의 작품세계를 분석하면서 더욱 짧아진 소설의 문학적 의미를 되짚는다.

그럼 나도 초에세이나 한 편 써볼까 하는 생각이 들었다.

국뽕
좋아하십니까?

"한국의 방산 무기 생산에 미국과 프랑스가 놀라고 일본이 경악하며 중국이 벌벌 떤다."

오래 전부터 유튜브에서 횡행하는 '국뽕 채널'들의 제목 일부다. 이른바 국뽕 채널이란 편협하고 극단적인 민족주의 성향을 가진 유튜브 채널을 통칭하는 용어를 말한다.

이런 제목도 있다.

"한국의 과학 기술 발전에 미국이 무릎 꿇고 전 세계가 경악했다." 이쯤이면 세계인들은 하루하루 일상에는 한국을 보고 경악하는 일도 포함돼 있는 듯하다.

이런 국뽕 채널들은 적게는 몇십 만, 많게는 수백만 정도의 조회 수를 기록하고 있다. 속칭 '잘 팔린다'는 의미다. 제목에 속아 해당 유튜브를 시청해 보면 상당수가 거짓말이요 함량 미달이요 왜곡이다. '가짜뉴스' 수준의 방송이 적지 않은 거다.

그런데 어떤 사람들이 이런 가짜뉴스에 현혹될까? 대부분 '소속감과 성취감이 없는 사람'들이다.

우리는 어떤 집단에 소속돼 있을 때 안정감을 느낀다. 혼자 있을 때보다 함께 있을 때 적의 위협으로부터 안전하다고 여긴다. 가족, 연인, 친구를 넘어 회사, 조합, 정치집단 등 다양한 집단이 아직 주류를 이루고 있는 것도 그 때문이다. 그래서 어떠한 집단에 소속되지 못하고 겉도는 사람들은 '국가'에 주목하고 의지한다. 태어나기만 해도 '국민'이라는 소속감이 있기 때문이다. 타민족에 배타적인 국수주의자들은 국가 간 경쟁에서 본인이 열등감을 느끼기도 한다. 그렇게 '국뽕 콘텐츠'를 찬양하게 된다. 진실 여부는 상관없다. 오로지 감정이 좋지 않았던 국가들이 경악하면 그만이고, 유럽이 무릎 꿇으면 더할 나위 없으니 말이다.

유튜브에서 한국을 극찬하는 외국인들은 대박 인사다. 국뽕 채널들은 이런 외국인들을 자주 섭외한다. 물론 모두 돈을 주거나 하는 아르바이트다. 한국에 대해 좋은 말만 해달라고 하는 식이다. 그들이 일본보다 한국이 낫다고 말하면 수십만 조회는 잠깐이다. 불닭볶음면을 먹고 눈물을 글썽이며 그래도 한국이 좋다고 말하면 돈벌이가 된다. 대한민국의 편리한 대중교통을 보고 눈이 돌아가면 게임 끝이다. 주로 서양인들 영상의 조회 수가 높다.

적당한 애국심은 기본 소양이라지만, 도가 지나친 현상이다.

외로움부
장관

외로움은 새로운 현상은 아니지만, 최근 여러 나라가 국가가 이를 공공 보건의 중요한 의제로 다루면서 사회적 대책을 마련하는 데 고심하고 있다. 이런 차원에서 영국은 범정부적으로 고독과 맞서는 최일선에 있는 국가로 떠오른다.

영국 정부는 2018년 1월 '외로움부Ministry of Loneliness'를 설립한다. 당시 테리사 메이 보수당 정부가 신설한 이 부처는 우울증, 고독, 분노 같은 마음의 질병을 개인 문제가 아닌 사회적 이슈로 인식하겠다는 것이다. 이는 곧 개인의 고독과 고립 문제를 정부와 지역사회가 함께 책임지고 해결해나가겠다는 것을 정부가 지겠다는 거다.

'외로움부' 설립은 노동당 국회의원 조 콕스의 희생이 계기가 되었다. 평소 소외계층을 위한 법률안 마련에 힘쓰면서 '외로움협회'까지 만든 콕스 전 의원은, 2016년 지역구민들과 면담한 뒤 여러 차례 칼에 찔리는 테러로 희생됐다.

그의 사후 영국은 범정부적 차원에서 '콕스위원회'를 설립하고 13개 시민단체와 함께 영국 사회의 고독과 사회적 고립을 조사했는데, 이는 콕스 전 의원의 유지를 이어가는 활동이었다.

콕스위원회는 2017년 말 생애 주기에 따른 사회적 고독을 다룬 '조 콕스 고독문제대책위 보고서' 발표를 시작으로, 2018년 10월 '연결된 사회를 위한 전략'이라는 제목의 범정부 종합 계획을 발표했다. 이 발표를 기반으로 영국 정부는 2018년 사회적 고독을 담당하는 '외로움부' 장관직을 신설했으며 차관급에 해당하는 '자살예방담당관직'도 만들었다.

일본의 경우, 2021년에 코로나19 확산으로 사회적 고립이 심각해지고, 스스로 목숨을 끊는 이들이 증가하자 '고독' 문제를 담당할 장관직을 만들었다는 뉴스가 있었다.

그 뉴스에 따르면 코로나19 확산 후 일본에서 자살하는 여성이 늘어나자 당시 사카모토 담당 장관은 "사회적 고독이나 고립을 방지하고 사람과 사람의 연결을 지키는 활동을 추진하고 싶다"는 포부를 밝히면서 장관에 취임했다. 예를 들면 후생노동성이 실시 중인 자살 방지 대책이나 농림수산성이 저소득층을 위해 시행하는 푸드뱅크 등 관련 시책을 종합적으로 살펴 대책을 마련하겠다는 구상이다.

백발도
백발 나름이다

백발은 전 세계적으로 패션의 중요한 아이템으로 떠오르고 있다. 성경 잠언 20장 29절을 보면 "젊은 자의 영화는 그의 힘이요 늙은 자의 아름다움은 백발이니라"라는 구절이 있다. 노년의 삶은 하나님이 주시는 복이며, 하나님을 경외하고 그 계명을 지킨 데 대한 은총이란 뜻으로 이해된다.

얼마 전 아파트 관리원으로 일하는 A(60세)씨는 "주차관리 회사에서 흰머리가 보기 싫다며 염색을 요구했어요. 염색약이 독해 눈이 아팠지만 어쩔 수 없이 검게 염색했습니다."라고 어느 신문 인터뷰에서 밝혔다.

백발은 그동안 걱정과 노화의 산물로 여겨졌다. 백발인 사람들은 깔끔해 보이지 않는다는 이유로 채용이나 인사에서 불이익을 받기도 했다. 그래서 백발인 사람들은 염색약을 사용하기 시작했다. 그런데 이제 사정이 확 달라진 것이다.

백발의 어느 중년 여인은 말한다.

"젊어 보이는 척하는 데 남은 세월을 소비하고 싶지 않아요."

그래서 앞으로는 염색약을 사용하지 않겠다는 거다.

실제로 일본에서는 『그레이 헤어라는 선택』이라는 책이 인기를 끌고 있다. 염색을 중단하고 그레이 헤어를 선택한 배우와 디자이너, 주부 등 다양한 여성의 사진과 사연을 실은 책이다. 이 책의 판매 열풍에 힘입어 '그레이 헤어'(백발)는 일본에서 2018년 신어·유행어 대상 후보에 오르기도 했다.

통계청 자료에 따르면, 2010년 10.8%였던 고령자 인구비율이 꾸준히 올라 올해는 14.8%를 기록할 것으로 예상하는데, 이미 고령사회로 접어든 한국에서도 백발에 대한 인식은 서서히 바뀌고 있다.

여성 고위직 여성들의 백발은 외국에서 흔한 일이다. 크리스틴 라가르드 국제통화기금IMF 총재, 테레사 메이 영국 총리, 재닛 옐런 미국 연방준비제도 전 의장 등은 은발로 국제무대를 누비고 있으며 우리나라 강경화 전 외무부장관도 백발이다.

강경화 전 외무부장관이 유엔에 근무할 때 한 인터뷰가 생각난다. "본래의 모습을 뭔가로 가리고 싶지 않다. 내가 일하는 곳에선 머리 색깔에 대해 아무도 개의치 않았다."

그 말을 하는, 당당한 모습의 강정화 장관이 멋있어 보였다.

멋지다,
ROKA 티셔츠

지지난해 여름부터인가, 젊은이들 사이에서 대유행하는 티셔츠가 있다고 해서 알아 봤더니 육군 장병들이 입는 '로카ROKA, Republic Of Korea Army 티'다.

로카 티는 원래 군부대 피엑스PX에서 팔고 있는 군복의 하나다. 육군 장병들은 누구나 로카 티를 바람이 잘 통하고 세탁하기 쉬워 여름철 작업복으로 입는다. 남자들이 군에 가면 제대하는 날까지 지긋지긋하게 입을 옷이다.

이것을 남녀 구분 없이 입고 다니는 거다. 로카 티는 병영 안보다 병영 밖에서 더 인기다. 1만원을 넘지 않는 싼 가격으로 인터넷 쇼핑몰에서 쉽게 구입할 수도 있다.

단체 티셔츠로 로카 티를 맞추는 학교도 많다. 또 커플 티셔츠로 로카 티를 입고 인스타그램에 인증샷을 올리는 젊은이들도 하나둘이 아니다.

로카 티를 입는 젊은이들은 "평범하다"고 말하면서도 가격이 싸고 착용감이 편해서 사서 입는다고 말한다.

그렇다면 "싸고 편하다"는 장점 외에 이런 유행이 던지는 사회적 의미는 무엇일까. 유행이란 단순히 실용적인 측면에서만 생기는 게 아니기 때문이다.

이 유행은 얼마 전부터 우리 사회에 불고 있는 '국뽕'에서 비롯된 게 아닐까 하고 추정해 본다. '국뽕'이란 말은 국가와 히로뽕의 합성어다. 국수주의·민족주의가 심해져서 우리나라만이 최고라고 여기는 행위를 가리킨다. 대개 부정적인 뜻으로 사용하는 이 풍조에도 긍정적인 요소가 숨겨져 있는 거다.

무조건적으로 한국을 찬양하는 행태를 굳이 권장할 필요는 없다. 하지만 오랫동안 '헬조선'에 빠져 있던 젊은이들이 비로소 그 반대편 성향인 민족적 자부심으로 전환하는 하나의 긍정적인 현상으로 파악해도 좋겠다.

광화문 등에서 벌어지는 태극기 집회의 분위기와 요즈음 유튜브에서 대세가 되다시피 한 '한국 찬양'의 방송에도 영향을 받은 것 같다.

'US ARMY'나 '뉴욕양키스' 티를 선호하던 젊은이들이 이를 버리고 로카 티로 갈아입은 것이 너무나 반가운 거다. 로카 티의 유행이 오래오래 지속되기를 기대해 본다.

반가운
트로트 열풍

얼마나 오랫동안 찬밥 신세였었나! 피디들도 거들떠보지 않았고 팬들도 쫄아들었었다. 텔레비전을 켜면 아이돌인지 아이들인지 떼거리로 나와, 하나같이 시선을 끌기 위해 몸을 흔들어대며 입만 벙긋대던 음악프로들이 항복 선언을 한 거다.

70,80년대 그래도 통기타 치는 청바지 입은 대학생 가수들이 발라드며 칸추리 풍의, 제법 호소력 있는 노래를 불러댈 때는 그나마 '가요무대' '7080' 같은 프로들이 명맥을 이었다. 우리가 좋아하던 가수들이 세월에 밀려 늙은 모습으로 '느리게' 노래를 부르는 게 고작이었지만….

그마저도 랩이며 락 같은 곡들로, 가사보다는 콩나물을 우선하는 곡들이 새로운 주인공이 되어 버렸다. 그래서 '도로또' 4분의 4박자니 '뽕짝'이니 '부르스'니 하며, 일본식 발음으로 비아냥대던 트로트풍의 곡들이 영영 사라지는가 싶었다.

그런데 TV조선의 트로트 예능프로가 다 죽어가던, 마치 시한부 생명처럼 꺼져가던 트로트를 한 방에 살려낸 거다. 이런 게 기적이지 싶다.

뭐지? 어느 날부터 이 프로에 조금씩 관심을 가지던 사람들은, 통통하고 복스럽게 생긴 송가인이라는 낯선 가수가 "한 많은 미아리 고개"를 부르기 시작하자 관심은 이내 열풍으로, 그래서 단숨에 TV예능프로의 대세가 되고 말았다. 마침내 '미스터 트롯'은 또 영웅 한 명을 탄생시키기에 이른다.

'최후의 트롯맨'으로 선택된 젊은 가수의 이름은 임영웅이다. 트로트의 영웅을 점지하듯 이름 또한 '영웅'이다. 그가 부른 곡은 뜻밖에도 "어느 60대 노부부의 이야기"다. 젊은 시절 넥타이를 매어 주던 늙은 아내의 주검 앞에서 남편이 부부의 한 생애를 절절히 회상하는 이 곡은 이 프로를 시청하는 많은 사람들을 울게 했다. 특히 마지막 한 소절 "여보 왜 한마디 말이 없소/ 여보 안녕히 잘 가시게" 하는 소절은 절창 중의 절창이었다.

'월간시인'이 왜 하필 예능프로의 트로트 열풍을 맨 앞에 소개하는 마음은 단 한 가지 때문이다.

자신의 시가 낡았다고 체념하는 시인 여러분, 미래시니 기호시니 하는, 이른바 평론가들이 '문제작'으로 평가하는 작품들은 한순간에 사라질 것이니 부디 낙담하지 마시라. 진정성 있는, 독자의 가슴을 울리는, 알기 쉬운 시의 시대가 꼭 돌아온다.

N분의 1
시대

'엔분의 일'이라고 읽는다. n은 미지수로 보면 되고, number 의 약자다. N분의 1은 사람 숫자대로 균등 분할한다는 뜻이다. 10명이면 10분의1, 20명이면 20분의1로 나누는 것이다. 식당 에서 밥값이 3만 원 나왔고 인원이 총 3명이면, 각자 1만 원씩 부담하면 된다.

이런 방식을 추렴出斂 또는 갹출醵出이라고도 하는데, 2명 이상 의 단체가 모여 어떤 음식이나 술을 먹은 다음 돈을 계산할 때, 한 사람이 한꺼번에 계산하지 않고 각 개인이 자신이 먹고 마신 만큼 돈을 따로 치르는 계산 방식이다.

서양에서는 '더치페이'라고 한다. 그밖에 일본어에서 온 속 어로는 '분빠이分配'라는 말도 있는데, 그리 좋은 표현은 아닌 것 같다. 아무튼 요즘 '김영란법' 덕분에 우리사회도 N분의1 문화 로 들어가기 시작했다.

우리나라에서는 남녀가 데이트를 하면 '당연히' 남자가 모든 비용을 다 지불한다. 직장에서도 회식이 있을 경우 대개는 상사가 다 지불한다.

이런 것들은 그렇다 치더라도 거래처나 공무원, 언론인들과 같은 사람들과 일을 하자면 '관행'이라는 이름으로 부정부패가 묵인되어 왔다. 즉 경조사 때 많은 조의금이나 축의금을 내는 사람은 단순한 축의금이 아닌 뇌물 같은 성격의 돈으로 봐야 하는 거다.

이제는 이런 부정부패의 연결고리를 끊고 우리사회의 투명성을 한 단계 도약하자는 의미에서 우리나라에서는 이른바 '부정청탁 및 금품 등 수수의 금지에 관한 법률(김영란 법)'을 시행하고 있다. 이 법에 따르면 공직자와 언론사, 사립학교, 사립유치원 임직원, 사학재단 이사진 등이 부정한 청탁을 받고도 신고하지 않거나, 직무 관련성이나 대가성에 상관없이 1회 100만원(연간 300만원)이 넘는 금품이나 향응을 받으면 형사 처벌 받도록 하는 거다.

그런데 이런 문화는 우리 같은 시인들이나 서민들에게는 그리 문제가 되지 않을까 싶다. 청탁받을 일도, 줄 일도 없으니까. 다만 N분의1이나 더치페이 아니면 추렴이나 각출이던 간에 이런 단어들이 이제는 좀 익숙해져야 할 때가 온 것 같다.

하늘공원의
느린 우체통

요즈음은 스마트폰 시대이다. 할 말 있으면 폰을 걸든지, 전화로 하기 곤란하면 문자 메시지를 날리거나 컴퓨터 이메일을 보내는 수도 있다.

그만큼 바빠지고 편리해진 세상이다. 그러나 스마트폰으로 하는 전화질이나 문자 메시지로는 감정을 그대로 전하기는 어렵다. 사랑이든 비즈니스든 이렇게 쉽게 하게 되면 일상이 되어 버린다. 감동이 없다.

사랑도 초스피드 시대이긴 하다. 인스턴트 시대가 된 지도 오래다. 그냥 자판기와 현금출납기처럼 카드 넣고 버튼 누르면 그 자리에서 음료수도 나오고 돈도 나온다. 그러니 몇 날 며칠 밤을 속을 태우면서 썼다 지우고, 지웠다가 다시 써서 편지를 쓰는 그 시절 청춘들의 '애타는 마음'은 사라져 버린 지 오래다.

작가 김홍신은 말한다.

"제가 글쟁이가 된 이유는 편지 덕분이다. 밤늦게 쓰고 아침에 읽어 보면 못 부친다. 아침에 읽어도 괜찮아질 때까지 쓰다 보니까 문장력이 좋아졌다.”

2017년 서울시인협회 주최 여름시인학교에 와서 시 창작 특강을 한 나태주 시인도 짝사랑하던 처녀에게 보내는 연애편지의 내용을 시로 지은 것이 신춘문예 시 당선작이 되었다고 말했다.

가을이다. 올가을엔 한 번쯤 편지를 쓸 일이다. 아직도 전하지 못한, 사랑하는 사람이 있다면, 그 사랑을 고백하는 연애편지를 쓸 일이다.

오랫동안 이런 저런 일로 소원해진 친구가 있다면 가을을 넘기지 말고 화해의 편지를 쓸 일이다. 그리고 썼다면 그 편지를 꼭 빨간 우체통에 넣어 부칠 일이다.

그러나 너무 빠른 답장은 기다리지 말자. 잊었다 싶을 때 그 답장을 받는 일도 소중한 체험일 테니까.

이순신 장군
동상

세종대왕 동상이 자리잡고 있는 '세종로'의 주인은 사실상 이순신 장군이다. 세종대왕은 뒷전에 앉아 있고 이순신 장군이 그 앞에 떡 버티고 서 있어서인지 이순신 장군 동상에 대한 관심이 더욱 크다.

'월간시인' 사무실이 바로 근처에 있는 까닭으로 이순신 동상 앞을 일주일에도 대여섯 번은 지나다닌다.

그럴 때마다 궁금하다. 충무공 이순신 장군 동상이 충무로에 있지 않고 왜 하필 광화문(세종로)에 있는 거지?

그 의문은 곧 풀렸다. 1968년에 건립된 이순신 동상을 세우라고 명령한 이가 다름 아닌 박정희 대통령이라는 사실을 알게 되었다. 박정희 대통령이 서울시장에게 이순신 장군 동상을 서둘러 세우라고 지시했다는 게 팩트다.

그런데 김남조 시인 생애 자료를 정리하면서 좀 더 구체적인 사실을 알게 되었다. 이순신 장군 동상을 조각한 이는 조각가 김세중 씨다. 김세중 씨는 김남조 시인의 부군이다.

김남조 시인이 남편에게서 직접 들었다는 거다.

"어느 날 청와대에서 불러 대통령을 만났더니 글쎄, 이순신 장군 동상을 만들라면서, 그 동상은 광화문에 세우겠다, 아직도 일본의 잔재가 도처에 남아 있고 특히 광화문 앞에 남산 신사 부민관 등 일본 잔재가 심하다, 그래서 단박에 그것들을 쓸어 버렸으면 좋겠다."

박정희 전 대통령이 젊은 시절 만주 군관학교 출신이었다는 사실만으로 그가 친일했다고 주장하는 사람들이 적지 않다.

그렇다면 박정희 대통령은 이순신 장군 동상이라도 세워 민족에게 지은 죄업을 씻으려고 광화문에 이순신 장군 동상을 세우려고 한 것일까?

그것이 궁금하다.

덧붙이자면 광화문 이순신 장군 동상은 갑옷과 검을 쥔 자세 등이 고증과 맞지 않은 엉터리라고 많은 역사학자들이 비판하고 있다는 말도 들린다.

이런 논란을 이젠 잠재우자.

역사적 정의를 강력하게 실천하겠다는 정부가 그 일을 서둘렀으면 좋겠다.

챗GPT
시대

챗GPT가 우리 곁으로 왔다. 이 로봇은 'GPT-3.5'라는 대규모 AI언어모델을 기반으로 하고 있어 인터넷상에서 다양한 문서를 학습해 사람처럼 생각하고 표현할 수 있는 시스템이다. 다양한 지식 분야에서 상세한 응답과 정교한 답변이 가능해 가히 인공지능의 혁신이라고 할 만하다.

3천억 개에 달하는 인터넷상의 정보를 습득한 챗GPT는 오로지 정보 제공에 특화해 만들어진 '인공지능'이다. 하지만 모든 것을 다 완전히 해결할 것이라는 로봇 개념과는 달리, 정확도는 조금 떨어진다는 결점도 있다. 이미 우리나라 이용자 수는 100만 명에 육박한다.

일부 사례에 따르면 판사가 챗GPT를 통해 판결문을 작성하고 어떤 사람은 변호사나 의사 시험에 합격하기도 한다. 일정 상황이나 단어 몇 개만 제시하면 몇 초 만에 시 한 편이 뚝딱 씌어지기도 한다. 애인에게 주는 이별편지를 부탁하니까 실제 감정을 나눈 연인에게 쓰는 편지처럼 작성할 수도 있었고 소설 한 편을 쓰는 데도 하루면 가능했다.

챗GPT는 지금까지 세상에 나온 챗봇 서비스 중에서 가장 똑똑하다. 일반인이 AI와 대화할 수 있다는 점은 신기하다 못해 파격적이다. 사용자는 그저 원하는 것을 청하기만 하면 된다. 컴퓨터가 사람의 말을 이해하고 맥락에 맞는 대답을 하는 것이다. 하지만 유해하거나 편향적인 정보를 제공할 수 있고, 현재는 2021년 이후의 지식은 사용이 제한되어 있다.

챗GPT를 이용하는 간단한 과정을 소개하면

① 먼저 네이버나 구글 등 검색 사이트에서 'Chat GPT'를 검색한다. 그러면 상단에 챗GPT를 들어갈 수 있는 홈페이지가 나온다. ② 그 링크를 클릭하면 챗GPT를 소개하는 화면이 나오는데, 왼쪽 하단에 있는 'TRY CHATGPT' 버튼을 누르면 로그인 버튼이 나온다. ③ 실제로 챗GPT를 사용하려면 회원가입을 해야 한다. 이 과정까지 마 쳤다면 챗GPT를 검색할수 있는 화면이 뜬다. 맨 밑 하단에 있는 기다란 검색창으로 물어보고 싶은 질문을 입력하면 챗봇AI가 물어본 내용에 답을 할 것이다. 그럼 이제부터 챗GPT 사용자가 된다.

스타벅스의
정체

1. 스타벅스의 하워드 슐츠는 미국 사무용 복사기 제조회사 제록스의 평사원 출신이다. 평사원에서 CEO까지, 일반 사람은 엄두도 내지 못할 경력이다.

하워드는 한때 스타벅스 CEO를 사임하고 미국 대통령 선거에 출마하느냐를 두고 진지하게 고민했던 적도 있다. 실제로 평사원에서 사장 그리고 대통령 코스를 밟아 대통령이 된 사람이 이미 한국에 있다. 끝은 별로 좋지 않았지만.

2. 스타벅스는 허먼 멜빌의 소설 『모비딕』의 등장인물에서 그 이름을 따왔다. 『모비딕』에 나오는 1등 항해사의 이름이 '스타벅'이다.

3. 스타벅스의 일반 고객은 한 달에 평균 6회 정도 방문한다. 충성 고객은 2배가 넘는 횟수인 16회 정도 방문한다. 금액으로 보면 한 달에 65,600원, 1년에 787,200원을 쓰는 것이다.

그것으로 마음의 위안을 얻는다면 기꺼이 쓸 수 있는 금액이다.

4. 스타벅스에 '비밀본부'가 있었다는 사실을 아는가? 미국 시애틀에 있던 '로이 스트릿 커피 앤 티'라는 매장이 바로 스타벅스의 비밀본부다. 비밀본부에서는 일반 매장에서 주문할 수 없는 치즈, 와인, 맥주를 팔았으며, 신메뉴 출시 전 시험대로 이용하기도 한다.

하지만 지금은 '스타벅스 리저브'가 등장하면서 사라졌다.

5. CIA 청사 내부에도 '스타벅스'가 있는데, 다른 스타벅스와 메뉴가 같으며 심지어 미국 내에서 가장 장사가 잘 되는 지점 중 하나라고 한다.

단, CIA 본부 내의 스타벅스에서는 다른 사람의 이름을 부르면 안 된다. 요원들은 커피를 주문할 때 익명으로 주문하며 바리스타도 주문한 사람의 이름을 부르지 않는 것이 불문율이다.

6. 스타벅스는 2016년 라떼 때문에 고소를 당한 적이 있다. 캘리포니아에 사는 두 고객이 라떼의 양이 메뉴 그림보다 25% 적다고 고소를 한 건데 법원은 이 사건을 무효로 판결했다.

스타벅스와는 누구도 싸울 수가 없다.

과연 배달의
민족이로구나

어느 배달 회사의 이름처럼 과연 '배달의 민족' 다운 세상이다. 오래 전에 이창명이란 개그맨이 어느 예능 프로에 나와서 "짜장면 시키신 분!"하며 제주도 가파도인가 마라도인가 작은 섬에서 웃긴 일이 있었는데, 이제는 가파도 마라도 정도가 아니다. 한강 둔치는 물론 북한산 계곡, 국도 휴게소 등에서 놀다가 치킨이며 먹을거리를 시키는 건 쉽다.

우리 사무실로 올라오는 엘리베이터에도 "저녁에 시키면 아침 출근 시간 전에 배달"한다는 채소류 배달 전단지가 붙어 있는데, 이것 역시 이제는 별 새로운 이야기도 아니다.

그야말로 '배달의 전성 시대'라는 말이 실감난다.

직접 요리하기는 싫고, 밥은 먹어야겠다…는 사람들이 많아지니까 너도나도 배달 음식을 시킨다. 움직이기조차 싫어하는 '귀차니즘' 실천자들이 너도나도 모두 배달을 이용한다. 스마트폰에 배달 앱을 깔면 만사 해결이다.

유튜브에서 우리나라를 처음 온 외국인들이 놀라는 것을 소개하는 방송을 보니까, 신속하고 편리한 배달 문화를 드는 외국인이 의외로 많다. 그들 눈에는 언제 어디서든 배달이 가능한 코리아가 지상천국이다.

배달 음식도 더욱 다양해졌다. 피자와 치킨은 기본이고 심지어는 회와 국밥까지 단 몇 분이면 배달시킬 수 있다.

특히 올여름에는 한 커피체인점이 배달 앱 회사와 연계해서 빙수를 배달한다는 소식이다. 금방 녹아버리기 쉬운 빙수와 함께 다양한 냉음료와 아이스크림 같은 소프트 식품도 배달된다.

배달이 생활화되다 보니 배달 앱 업체의 경쟁도 치열하다.

"1인분 주문 환영" "어떤 음식이든 다 배달한다"는 식으로 홍보에 열을 올린다.

하지만 배달음식을 시키기 전에, 열악한 환경에서 배달을 해야 하는 40만 명 가까운 배달 노동자들이 일하고 있다는 점에도 신경을 쓰자. 편리한 만큼 배달 일을 하는 노동자들의 사고도 그만큼 잦고 위험하다.

미국에서는 최근 '드론' 배달을 시작했다.

윤여정
현상

며칠 전에 편집국에 여성 편집디자이너 한 분이 들르셨다. 8,90년대 여성잡지들이 서로 모셔가려고 한, 명실 편집디자이너로 날리던 분이다.

현재 나이 60을 훨씬 넘겼는데도 편집디자인 회사를 운영하는 현역이다. 그런데 이분이 입고 있는 옷이 글쎄 '항공 점퍼' 차림이다.

항공 점퍼는 예전에, 그러니까 6,70년대에는 '빠이롯트 잠바'라고 해서, 그 무렵 많은 젊은이들이 흔하게 입던 패션이다. 아마 비행기 조종사들이 입는 점퍼라고 하니까 값도 싼데다 쉽게 살 수 있어 유행했던 것 같다. 이 카키색 항공 점퍼를 애용하는 분이 또 있다. 영화배우 윤여정 씨다.

윤여정 씨는 항공 점퍼를 정말 센스 있게 잘 입는다. 그거 구닥다리 아니에요? 하는 질문을 받은 적도 있다는데, 그때마다 윤여정 씨는 내가 좋아하고, 활동하는데 편하니까 입는 거지 뭐,

옷 입는 것까지 주변 눈치 볼 거 없잖느냐고 대답한다.

이런 당당함, 아무것도 꿀릴 거 없다는 이 당당함 덕분에 윤여정 씨가 더욱 인기를 타고 난리다. '윤여정 현상'이라는 말이 등장할 정도다.

75세나 된 '할머니'가 중장년층은 물론이고 젊은이들과 청년층에서 왜 신드롬을 일으키고 있을까?

빅데이터 전문가는 이렇게 분석한다. 지난 1년 동안 윤여정 씨가 빅데이터 상에서 언급된 양은, 영화 "미나리" 출연 후 아카데미 여우조연상 수상 직후까지의 기간에 50만 건을 훌쩍 상회한다. 비슷한 기간 인기 개그맨 유재석 씨는 10만 건, 축구스타 손흥민 씨는 15만 건 정도다. 윤여정 씨는 이 두 스타들보다 무려 다섯 배 이상의 기록이다. 이 숫자는 또 영화 "기생충"으로 아카데미상을 수상한 봉준호 감독의 31만 건을 상회한다.

놀라운 사실은, 윤여정 씨에 대해서 가장 큰 관심을 갖고 열광하는 계층은 2030이라는 거다. 그래서 윤여정 씨가 광고에서 한 말 "니네 마음대로 사세요"라는 대사가 덩달아 유행하고 있다. 더욱이 MZ세대 사이에서는 윤여정 씨의 패션을 '할매니얼'이라고 부르고, 윤여정에 빠져든 자신들을 가리켜 '윤며든다'고 한다.

윤여정 현상이 얼마나 지속될지 몹시 궁금하다.

BTS
― 세계를 정복한 피 땀 눈물

마침내 세계를 정복했다.

한국 가수로는 처음으로 방탄소년단이 '빌보드 200 차트'에 1위로 올라선 거다. 많은 케이팝 그룹들이 미국 시장을 노렸지만 번번이 실패했다. 방탄소년단은 모든 관습과 틀을 깼다.

방탄소년단의 시작은 화려하지 않았다. 대형기획사의 도움 없이, 공중파 TV의 외면 속에 소년들은 스스로 세계의 문을 두드린 끝에 성공한 거다. 그야말로 '흙수저 아이돌'의 세계 정복이다.

소년들은 연습생 시절부터 혹독한 연습을 하는 틈틈이 자신들이 가사를 쓰고, 작곡에 참여하고 프로듀싱을 하는 작업을 한다. 또래의 고민을 말하고 사회를 바라보는 시선을 기른다. 기획사에 의도에 따라 만들어진 아이돌과는 달랐다.

방탄소년단의 노래에는 "편견과 억압을 막아내겠다"는 메시지가 들어 있다. 고민 많은 불안한 청춘의 성장통을 표현한 거다. 이 메시지에 전 세계가 공감한 거다. 또한 방탄소년단은 여러 문학 작품과 영화들에서 아이디어를 얻는다. "Wings"에는 헤르만 헤세의 〈데미안〉이, "Serendipity"에는 김춘수 시인의 〈꽃〉이, "화양연화"에는 왕가위 감독의 영화가, "피 땀 눈물"에는 니체의 책에서 모티프를 얻는다.

공연 때마다 전 세계의 아미들로 하여금 한국어 떼창을 따라 부르게 한 원동력은 '한국어 가사'다. 그 가사 다섯 곡을 소개한다.

이사

방탄이 처음 살던 숙소는 논현동 학동 공원 앞 열일곱 평짜리 빌라다. 한 방에서 2층 침대를 놓고 일곱 명이 생활했다. 방이 좁아 빨래를 널 데도 없어 그냥 침대 귀퉁이에 걸어놓고 말릴 정도였다. 2015년 조금 넓은 집으로 이사, 다시 2016년 이사해 멤버들의 개인 공간과 드레스실이 생겼다. 다시 2018년 또 이사한다. 서울의 비버리힐즈라고 소문난 '한남동 더힐'이었다. 규모도 규모지만 스파, 수영장, 클럽하우스, 피트니스센터, 골프장까지 있는 호화스런 아파트다. 방탄소년단의 곡 "이사"는 그것을 담고 있다. 그 큰 아파트로 이사 오기 전 지난 3년 동안 겪었던 연습생 시절의 눈물과 땀이 가사에 담겨 있다.

3년 전 여기 첨 왔던 때 기억해

왠지 형이랑 나랑 막 치고박고 했던 때

벽지도 화장실도 베란다도 다 파란 집

그 때 난 여기가 막 되게 넓은 집인 줄 알았지

내 야망이 너무 커졌어

그리 넓어 보이던 새 집도 이제는 너무 좁아졌어

17평 아홉 연습생 코찔찔이 시절

엊그제 같은데 그래 우리도 꽤 많이 컸어

좋은 건 언제나 다 남들의 몫이었고

불투명한 미래 걱정에 항상 목쉬었고

연말 시상식 선배 가수들 보며 목 메였고

했던 꾸질한 기억 잊진 말고 딱 넣어두자고

우리의 냄새가 나 여기선

이 향기 잊지 말자 우리가 어디 있건

울기도 웃기도 많이 했지만 모두 꽤나 아름다웠어

논현동 3층, 고마웠어

이사 가자

정들었던 이곳과는 안녕

이사 가자

이제는 더 높은 곳으로

텅 빈 방에서 마지막 짐을 들고 나가려다가

잠시 돌아본다

울고 웃던 시간들아

이젠 안녕

방탄소년단의 곡 "이사" 일부

쩔어

방탄소년단의 노래가사에는 사회적 정치적 메시지가 들어 있다. 21세기가 가진 자와 못 가진 자의 불균형 사회라는 걸 꼬집기도 하고, 구체적으로 3포 세대, 5포 세대, 6포 세대 같은 단어를 언급하며 그런 기성질서에 저항하고 "모두 함께 연대하여 승리하자"는 저항의 메시지가 가사에 녹아 있다.

방탄소년단의 곡 "쩔어"는 혹독한 연습 때문에 항상 '땀내가 쩔은' 상태를 비유하며 '3포 5포 6포 세대'를 언급하고, 그런 사회 현상을 조장하는 '언론과 어른들을 질타'한다.

밤새 일했지

네가 클럽에서 놀 때

자 놀라지 말고 들어 매일

난 좀 쩔어

아 쩔어 쩔어 쩔어 우리 연습실 땀내

봐 쩌렁 쩌렁 쩌렁한 내 춤이 답해

모두 비실이 찌질이 찡찡이 띨띨이들

나랑은 상관이 없어

난 희망이 쩔어

우린 머리부터 발끝까지 전부 다 쩌 쩔어

하루의 절반을 작업에 쩔어

작업실에 쩔어 살어 청춘은 썩어 가도

덕분에 모로 가도 달리는 성공가도

소녀들아 더 크게 소리 질러 쩌 쩌렁

(중략)

3포 세대 5포 세대

그럼 난 육포가 좋으니까 6포 세대

언론과 어른들은 의지가 없다며 우릴 싹 주식처럼 매도해

왜 해 보기도 전에 죽여 걔넨

왜 벌써부터 고개를 숙여 받아

절대 마 포기

너와 내 새벽은 낮보다 예뻐

잠든 청춘을 깨워

거부는 거부해

전부 나의 노예

모두 다 따라 해

쩔어

방탄소년단의 곡 "쩔어" 일부

노 모어 드림

학생들이 교육환경에 찌들어가는 상황을 콕 콕 찍듯이 표현하고 있다. 학생들이 9급 공무원 시험에 매달리고 9회말 구원투수를 기다리는 심정으로 야자에 돌직구를 날리면서 "억압받던 네 인생 네 삶의 주어가 되어 봐"라고 외치고 있다.

얌마 네 꿈은 뭐니

얌마 네 꿈은 뭐니

얌마 네 꿈은 뭐니

네 꿈은 겨우 그거니

하하 난 참 편하게 살어

꿈 따위 안 꿔도 아무도 뭐라 안 하잖어

전부 다다다 똑같이 나처럼 생각하고 있어

새까까까맣게 까먹은 꿈 많던 어린 시절

대학은 걱정 마 멀리라도 갈 거니까

알았어 엄마 지금 독서실 간다니까

네가 꿈꿔 온 네 모습이 뭐야

지금 네 거울 속엔 누가 보여

너의 길을 가라고

단 하루를 살아도

뭐라도 하라고

나약함은 담아 둬

왜 말 못하고 있어? 공부는 하기 싫다면서

학교 때려 치기는 겁나지? 이거 봐 등교할 준비하네 벌써

철 좀 들어 제발 좀, 너 입만 살아가지고 인마 유리 멘탈

자신에게 물어봐 언제 네가 열심히 노력했냐고

어른들과 부모님은 틀에 박힌 꿈을 주입해

장래희망 넘버원 공무원?

강요된 꿈은 아냐, 9회말 구원투수

시간 낭비인 야자에 돌직구를 날려

지옥 같은 사회에 반항해, 꿈을 특별 사면

자신에게 물어봐 네 꿈의 프로필

억압만 받던 인생 네 삶의 주어가 되어 봐

방탄소년단의 곡 "No More Dream" 일부

피 땀 눈물

방탄소년단의 성공을 세 단어로 표현한 가사다. 더 편하게, 쉬운 길이 있을 소년들이 음악이 좋아서, 가수가 되고 싶어서 "피 땀 눈물"을 흘리며 그 개고생을 견뎌낸 거다. 영국을 패망의 위기에서 구해낸 처칠 수상이 의회연설에서 "내가 드릴 것은 피와 땀과 눈물밖에 없다"는 말을 떠올리는 멋진 단어다. 그래서 이 소년들을 가리켜 '흙수저 아이돌'이라고 하는 거다.

내 피 땀 눈물 내 마지막 춤을
다 가져가 가
내 피 땀 눈물 내 차가운 숨을
다 가져가 가
내 피 땀 눈물

내 피 땀 눈물도
내 몸 마음 영혼도
너의 것인 걸 잘 알고 있어
이건 나를 벌 받게 할 주문

아파도 돼 날 묶어줘 내가 도망칠 수 없게

꽉 쥐고 날 흔들어줘 내가 정신 못 차리게

둘만의 비밀

너란 감옥에 중독돼 깊이

니가 아닌 다른 사람 섬기지 못해

알면서도 삼켜버린 독이 든 성배

나를 부드럽게 죽여줘

너의 손길로 눈 감겨줘

어차피 거부할 수조차 없어

더는 도망갈 수조차 없어

니가 너무 달콤해 너무 달콤해

너무 달콤해서

내 피 땀 눈물

내 피 땀 눈물

방탄소년단의 곡 "피 땀 눈물" 일부

리플렉션

논현동 연습생 시절을 표현한 듯한 가사다. 마음이 답답하고
연습에 지치면 한강을, 그 또래 소년들이 그러하듯이 한강을 보

러갔을 거다. 뚝섬유원지로 가서 캔맥주를 따며 우울한 마음을 달래고 토론도 하고 그랬을 거다. "행복한데 불행하니까" 뚝섬으로 간다는 거다. 방탄소년단 노래 중에 나오는 특정 지역 이름은 바로 '뚝섬'이다.

> 세상은 절망의 또 다른 이름
>
> 나의 키는 지구의 또 다른 지름
>
> 나는 나의 모든 기쁨이자 시름
>
> 매일 반복돼 날 향한 좋고 싫음
>
> 저기 한강을 보는 친구야
>
> 우리 옷깃을 스치면 인연이 될까
>
> 아니 우리 전생에 스쳤을지 몰라
>
> 어쩜 수없이 부딪혔을지도 몰라
>
> 어둠 속에서 사람들은
>
> 낮보다 행복해 보이네
>
> 다들 자기가 있을 곳을 아는데
>
> 나만 하릴없이 걷네
>
> 그래도 여기 섞여 있는 게 더 편해
>
> 밤을 삼킨 뚝섬은 나에게
>
> 전혀 다른 세상을 건네
>
> 나는 자유롭고 싶다

자유에게서 자유롭고 싶다

지금은 행복한데 불행하니까

나는 나를 보네

뚝섬에서

방탄소년단의 곡 "Reflection" 일부

004

#제자리 #서명 #영자
#약력 #발문 #잘난 척
#사사 #이육사 #퇴고
#옥자 #문화체육부 #명함
#김일성 #금자씨 #꼰대
#봉준호 #선글라스 #애국심

잘난 척은
이제 그만

얼마 전 출판기념식 초대장을 받았다. "존경하는 사백詞伯님께"라고 쓰여 있었다. '사백'이라니. 그것은 시문詩文에 뛰어난 사람을 높여 부르는 말이다. 존칭이 지나치다. 민망하다. 당연히 며칠 뒤 그 출판기념식에는 가지 않았다.

문인들 사이에 문서로 보내는 표현은 대개 상대를 높여 쓰는 것이 상례이기는 하다. 그래서 아형雅兄, 대아大雅, 외형畏兄, 학형學兄, 사형詞兄, 사백詞白, 시형詩兄, 대형大兄, 대덕大德, 대인大仁 등으로 다양하게 부른다.

존경심을 표현하고픈 마음은 이해하지만, 굳이 어려운 말로 예의를 차리는 건 잘난 척 하기에 다름 아니다. 책을 내면 책을 증정하게 되는데, 증정서 첫 장에 혜감惠鑑(헤아려 봐주십시오), 혜존惠存(받아 간직하여 주십시오), 감하鑑下(거울같이 맑은 눈으로 살펴보시고 좋은 가르침을 주십시오), 청람淸覽(맑은 눈으로 한번 읽어 주십시오) 등등, 허세가 잔뜩 들어간 한자를 사용하기 일쑤다.

또한 책을 냈다는 의미의 '상재上梓'라는 말도 있다. 이 말은, 글을 새기는 판목으로 가래나무를 쓴 데서 생겨났다. 올릴 '상上', 가래나무 '재梓'를 써서 가래나무에 글을 올린다는 뜻이다. 판목에 글자를 새기는 작업은 어려운 작업이다. 팔만대장경 경판을 떠올리면 상상이 간다. 경북대학교 임학과 박상진 교수의 설명에 따르면, 경판을 쓸 산벚나무와 돌배나무를 3년 동안 바닷물에 담갔다가 다시 소금물에 쪄서 옻칠하는 과정을 되풀이해야 한다. 대장경 8만여 장의 총무게는 280톤으로, 장당 평균 무게는 3킬로그램이 넘는다고 한다. 나무 벌채와 운반 등 경판 제작에 동원된 연인원은 8만에서 12만 명이다. 그야말로 상재한다는 표현에 맞는 과정이다.

그런 '상재'의 과정을 잘 알지도 못하면서 누구나 시집을 내고서는 '상재'했다고 하는 건 지나치다. 조선 시대도 아닌데 작가를 사백, 사형으로 부르든지, 책을 상재했다고 하는 표현은 모두 허례허식, 빈 소리이고 빈 글자로 보인다. 하루빨리 헤어져야할 습관이다. 이런 낡은 표현 낡은 관습에 얽매여 있으면서 입으로는 항상 새로운 글, 새로운 시를 쓴다고 말하는 분들—그 잘난척들, 그만 하시지요.

약력을 제대로, 잘 쓰자

시인들이 지켜야 할 '명함' 예절에 대해서 소개한 적이 있는데, 이번에는 그 연장선상에서 시인들의 약력 쓰는 법을 설명하겠다.

신문잡지 등에 신작을 실을 경우 거의 모두 약력과 사진을 첨부하게 된다. 시 작품이야 작품을 어떻게 쓰든 그것은 시인만의 특권이지만 그곳에 첨부되는 약력은 문단과 문학지 편집자의 '기준'에 맞게 작성하는 게 필자의 예의다.

약력을 구성하는 요소는 대개 일곱 가지다.

① 출생지와 나이, ② 최종학력과 전공 분야, ③ 등단 절차 관련 사항, ④ 시집 출간 여부, ⑤ 문학상 수상, ⑥ 경력, ⑦ 현직 등이다.

이 중에서 ① 출생지, ② 최종학력과 전공 분야 등의 2개 사항은 본인이 원하지 않으면 적지 않아도 무방하다.

그러나 ③ 등단 절차 관련 사항, ④ 시집 출간 여부, ⑤ 문학상 수상, ⑥ 경력, ⑦ 현직 등 다섯 가지는 꼭 적어야 하는 것이 작품을 실으려는 매체의 요구다. 필자는 이를 따라야 할 의무가 있다.

이 가운데서 시인들이 가장 잘못 쓰고 정직하지 않게 작성하는 약력은 ③ 등단 절차 관련 구체적 사항, ⑤ 수상한 문학상 이름과 시상 단체 등에 관한 정확한 내용, ⑥ 경력 등 세 가지다.

등단 관련

팩트를 정확하게 적는다. 몇 년도, 등단한 매체 명(몇 년도 창간 발행인 명, 계간 월간 구분), 등단한 명칭(신인상, 문학상)과 심사위원 등을 정확하게 적는다. 한국문인협회를 비롯한 각 시인협회 입회 원서를 작성할 때도 이것을 정확하게 기록하지 않으면 아예 서류접수를 하지 않는 곳도 있다.

시집 출간

연도, 출판사 명, 제목 등을 적되 출판 지원기금 여부, 무슨무슨 수혜 같은 기록을 적지 않는다.

경력 현직

각 문인협회 회원 여부를 밝힌다. 다만 각 문인협회 등에서 맡은 직위, 직책 등은 굳이 밝히지 않아도 된다. 문단에 제대로 알려지지 않은 '무슨무슨협회'의 '고문' '부회장' '부장'이니 '이사' '지도위원'이니 하는 따위의 경력은 오히려 본인의 품격을 떨어뜨릴 수도 있다.

수상 사실

문단에서 널리 알려진 문학상 수상 사실은 적되 문학 경력과 거의 관계가 없는 각종 훈포상(특히 교육공무원 출신), 등단 전 지방 자치제 등에서 실시한 백일장 같은 입상 기록은 적지 않는다.

사사를
받았다?

　며칠 전에 TV의 한 예능 프로에 대금 연주자 한 분이 출연했는데, 사회자가 어느 선생님에게서 배우셨느냐고 질문을 하니까 "아무개 선생님으로부터 사사를 받았다"고 대답한다.

　'사사師事'란 말은 문학 쪽보다는 전통예술가나 서예 쪽 인사들이 자주 쓰는 말로 알고 있다

　국어사전은 사사를 "스승으로 섬김 또는 스승으로 삼고 가르침을 받음"으로 설명하고 있다. 이처럼 '사사'란 "어떤 분을 스승으로 섬긴다"는 뜻으로, 이는 제자가 자기를 낮추고 스승을 지극히 높이는 정말 공경스러운 표현이다.

　그런데 그 말뜻이나 그 말이 풍기는 정중한 예우의 내용을 모르고 '사사'가 마치 영어의 레슨Lesson 정도에 해당되는 말쯤으로 착각하여, 이 사람 저 사람 가리지 않고 "어느 선생님에게서 사사 받았다"느니 "어느 분에게 사사했다"라는 식으로 쓰는 이들이 많다. 앞의 표현은 "-에게서"와 "-받다"가 잘못된 것이

고, 뒤의 표현은 "-에게"가 잘못 쓰인 용법이다.

'사사'란 말을 쓸 때는 "~을 사사했다"와 같이 목적격조사 '을'을 써야 맞고, 또 '사사'에는 "~받다"는 잘못된 표현이고, "~하다"를 사용해야 한다.

예전의 제자는 스승의 그림자도 밟지 않았다. 그런데 지금은 "스승과 제자는 없고 교사와 학생만 있다"는 시대다. 그래서 많은 사람들이 스승으로부터 '가르침'을 받았다는 뜻으로 '사사 받다'라는 표현을 자주 사용하고 있는 모양이다. 가령 "아무개 선생님으로부터 가야금 연주법을 사사 받았다" 정도로 사용하는데, 크게 잘못된 표현이다.

'사사'라는 단어의 한자적인 구성을 살펴보면 '스승 사師' 자와 '일 사事'자가 '사사'이다. 직역하자면 "스승을 모셨다"는 뜻이다. 따라서 '사사'라는 단어에는 우리가 피상적으로 알고 있는 '가르침'이나 '교육'에 관련된 내용은 들어 있지 않다.

그러니까 "아무개 선생님으로부터 사사 받았다"라는 표현은 잘못이라는 거다. 어법에 맞는 표현은 "아무개 선생님을 사사했다"이다. 왜냐하면 '사사'는 앞서 언급한대로 스승의 가르침을 받은 것이 아닌, "모시다"의 뜻을 지니고 있기 때문이다.

발문은
발로 쓴다?

　새로 발행되는 시집의 끝에는 으레 평론가나 유명시인의 해설이 들어간다. 시집을 발간하는 시인들은 관행처럼 당연한 일로 여기고들 있다. 간혹 이런 해설이 없는 시집도 있는데, 그 이유는 저자가 자신의 작품은 순전히 독자들에게 평가를 맡기겠다는 생각 때문일 거다.

　해설은 시인의 작품을 독자들이 보다 더 쉽게 이해할 수 있도록 '중매'하는 역할이다. 그런데 평론가들의 해설이 너무 어렵다 보니 시인에게도, 독자에게도 별 도움이 되지 않는다. 시는 쉬워야 한다는 의견도 있고 어려워도 괜찮다는 의견도 있다. 하지만 해설마저 어려우면 독자들에게 너무 큰 부담을 주는 일이다.

　예전에 시집을 낼 때는 평론가들의 딱딱한 해설보다는 발문跋文을 더 많이 실었다. 발문이란 사전적 의미로는, 책의 끝에 본문 내용의 큰 줄거리나 간행 경위에 관한 사항을 간략하게 적은 글을 가리킨다. 이런 사전적 의미보다는, 대개의 발문은 저자와 저자의 시를 잘 아는 친구, 혹은 선후배들이 시인과 작품을 소개하는 자유분방한 후기에 가까운 글이다. 시인과의 우정을 표시하기 위해 그와의 짤막한 에피소드나 덕담 같은 이야기, 시인을 칭찬하며 앞날을 축원하는 내용과 함께 시집이 탄생하기까지의 배경을 담는다.

예를 들면, 제주도에서 국어교사로 재직 중인 안상근 시인이 『바람 사이로 흘러내리는 시간』이라는 시집을 출간했는데, 안 시인을 잘 아는 부산대 김정자 교수는 이 시집의 발문에서 "안 시인은 봄날엔 성산포, 여름날엔 안덕 대평리 바닷가, 가을 한라산 단풍놀이, 겨울 한촌의 펑펑 쏟아지는 눈송이를 바라보며 살 수 있는 고향 제주를 사랑하는 마음을 토로하고 욕심 없이 노래하고 있다"라고 썼다.

시집에 독자들이 잘 읽지도 않을 해설을 수록하는 현상에 대해 어느 평론가는 문단에서 자기의 존재를 홍보하려는 홍보성 의도가 강해진 때문이라면서, 작품으로 순수하게 평가받기보다는 '평론가'의 이름을 빌려 간접적인 평가에 기대하려는 때문이라고 비판한다.

앞으로는 어울리지 않는 평론가의 해설보다는 자기의 문학적 성장을 가장 잘 알고 이해하는 동료 선후배의 '발문'이 실려 있는 시집들을 많이 만났으면 좋겠다.

명함이
웃겨요

요즈음 시인들(뿐만 아니라 다른 직업의 사람들도 그렇지만) 명함을 받을 때마다 실소를 금치 못할 때가 많다. 명함에 본인 이름과 함께 적혀 있는 갖가지 직함, 수상 경력들이 마치 '과대광고'를 보는 듯해서이다.

어제 어느 모임에서 만난 분의 명함만 해도 그렇다.

한국문인협회 회원을 비롯해서 무슨무슨 문인협회 회원, 이름도 듣도보도 못한 문학단체 이사, 수석부회장, 라이온스 ××지구 부총재, ××생활미술협회 중앙위원, ×××문예지 기획집행위원, 문인단체 재정위원, 국제협력 이사, ××수필가협회 이사장, ××수필문학회 부회장 등이 10행 이상 나열되어 있다.

뿐만 아니다. ××문학상 본상, ××문학상 심사위원상 등이 나열되어 있고, 명함 상단에는 이 사람이 소속되어 있다는 대표적인 문인단체들—예를 들면 사단법인 한국문인협회, 로타리클럽, 펜클럽한국본부, 유네스코한국위원회 등의 로고가 좁은 명함을 꽉 채우고 있다.

그래서 그 명함을 건네주는 분에게 슬쩍 "이 명함을 지갑에 넣고 다니려면 무거우시겠어요." 하고 말씀드렸더니, 내 말뜻을 알아들었는지 억지로 민망한 미소를 짓는다.

이런 명함을 들고 다니는 분들에게 김관식 시인의 일화를 들려드리고 싶다.

김관식 시인의 명함에는 달랑 '대한민국 김관식'만 적혀 있다. 워낙 기행이 많은 분이고, 또 생전에 서울 용산구에서 당시 가장 유력한 정치가였던 민주당 장 면 씨와 맞붙어 출마도 하셨던 분이니 '대한민국 김관식'이라는 명함이 얼마나 당당하고 멋있는가.

명함이란 분명 자기를 알리는 가장 초보적인 홍보수단이기는 하다. 그래서 명함에 자기를 알리기 위해 '직함'을 적어놓을 수는 있겠다.

그러나 이 명함을 받은 사람들이 과연 얼마나 그 많은 직함과 수상 경력을 존경해 줄지 다시 한 번 생각해 보고, 다음에 명함을 만들 때는 단출하고 소박하게 만들었으면 한다. 시인의 명함에 걸맞게 말이다.

지나친 건 모자란 것만 못하다.

퇴고 할까
하지 말까

조숙지변수鳥宿池邊樹

새는 연못가 나무에서 잠들고

승고월하문僧鼓月下門

스님은 달빛 어린 대문을 두드린다

이 시는 당나라 시인 가도賈島의 시다. '승고월하문'은 원래는 '승퇴월하문'이었다. '두드릴 고鼓'가 아니라 '문을 밀칠 퇴推'였다. 즉 "달빛 아래 문을 두드리는 스님"이 아니라 "달빛 아래 문을 밀치고 있는 스님"이었다. 시인 가도는 처음에 '승퇴월하문'이라 써놓고 아무리 읊어보아도 마음에 들지 않아서 '퇴推' 대신에 '고鼓'로 바꾼다. 그랬더니 괜찮기는 한데 어쩐지 먼저 쓴 '퇴'가 더 좋은 듯 했다.

그래서 시인 가도는 '퇴'로 할까? '고'로 할까? 망설이던 중

노새를 타고 거리에 나갔다. 노새 위에 앉아서도 '퇴'냐 '고'냐 고민하다가 부윤의 행차가 오는 것을 보지 못하고 그만 부딪치고 말아, 불경죄로 부윤 앞에 끌려갔다. 그리고 '퇴'로 할까? '고'로 할까? 몰두하다가 그만 이런 불경죄를 저지르게 되었노라고 사죄했다.

부윤은 가도의 사정 이야기를 다 듣고는 "문 밀칠 퇴보다 문 두드릴 고가 더 나은 것 같다"라고 한다. 이 부윤이 다름 아닌 당대의 문장가 한유韓愈다. 이 사건 이후 문장을 고치는 것을 '퇴고'라고 하게 되었다.

시인 중에는 시인 가도처럼 시를 완성하는 단계에서 이런 고민에 빠진 이가 적지 않을 거다. 반면에 퇴고에 전혀 관심이 없는 시인들도 많다. 대개의 문장론이나 시 창작 서적에는 퇴고의 중요성을 강조하고 시를 잘 쓰고 싶다면 가장 고민해야 하는 부분이 '퇴고'라고 이야기한다. 고민하지 않고 쓰고 서둘러 발표한 시일수록 후회를 많이 한다는 것이다.

그러나 내 생각은 좀 다르다. 오히려 지나치게 '퇴고'에 얽매여 시를 너무 많이 수정하는 것을 반대한다. 자꾸 고치다 보면 애초에 품었던, 떠올렸던 시상詩想이 바뀌기 십상이다. 지나친 성형수술은 수술을 아니함만 못하다. 시를 완성하는 단계에서는 퇴고보다 수정 정도가 좋겠다.

서명하지
않은 시집

얼마 전, 어느 문학상 수상식장에서 만난 시인에게서 놀라운 말씀을 들었다. 그분이 시단에서 워낙 유명한 분이어서인지 한 달에 우편으로 받는 시집이 백여 권이 넘는다고 했다.

그래서 그분은 그 시집을 일일이 살펴보기는 힘들지만 자기가 까마득한 신인 시절 시집을 냈던 일이 떠올라서 한 권도 버리지는 않고 서재 책꽂이에 꽂아둔다고 했다. 다만 그 시집들 중에서, 저자의 서명이 없는 시집만은 그대로 내버리고 있다면서 자기의 처사가 지나치냐고 내게 묻는다.

내 경우는, 그분과는 비교도 안 될 정도의 적은 숫자의 시집 증정본을 받는다. 그 증정본 시집들 중에는, 그분의 말씀처럼 저자 서명 한 자 없는 시집들도 섞여 있다.

시집을 받고 그 사실을 확인할 때마다 '무슨 생각으로 이 시집을 보낸 거지? 읽어달라는 건가, 말라는 건가?' 하는 생각이 들어 불쾌할 때가 있다. 다른 시인들도 비슷한 생각일 거다.

나도 몇 번 시집을 펴낸 적이 있는데, 그때마다 100여 부 정도는 선후배 시인들에게 증정한다. 그분들 함자를 한 분 한 분 적어가며 몇 줄 인사 말씀을 곁들인 다음 서명을 한다.

인사말은 몇 줄에 지나지 않지만 그것을 적을 때는 그 시집을 증정하게 되는 분의 안부가 몹시 궁금해진다. 그래서 한 자 한 자 적는 그 순간은 참으로 조심스럽다.

물론 100여 부 정도를 서명하려면 서너 시간, 아니 대여섯 시간이 걸리기도 하고, 잘 쓰지 못하는 필체가 밉기도 하다.

그러나 시집을 받은 분들에게서 "마음에 간직해두고 잘 읽겠습니다. 문운 더욱 빛나시기를 기원합니다." 같은 문자메시지나 메일, 전화 등을 받게 되면 시집을 보낸 보람과 함께 시집을 잘 냈다는 생각을 하곤 했다.

시인들로서는, 시집을 보내고 받는 일은 직업적인 관습이기도 하지만 품앗이다. 시집을 주고받는 시인들의 시집을 통한 친교 행위를 망치지 말자. 무슨 선거공보물 보내듯이 인쇄된 시집만 달랑 보내는 무례를 행여 다시는 저지르지 말자.

이는 시인이 갖추어야 할 기본예절 중의 예절이다.

제자리로
가세요

세상 풍경 중에서 제일 아름다운 풍경
모든 것들이 제자리로 돌아간 풍경

언제인가 본 적이 있는, 광화문 네거리 교보빌딩 벽의 글판에
부착되어 있는 구절로, 시인과 촌장이 부른 '풍경'의 노래가사
이다.

교보빌딩 측이 대중가요 노래가사를 글판에 소개하는 것도
처음이지만, 이 가사가 전달하는 메시지가 시국에 딱 맞고 심상
치 않다. 뭐 이런 저런 말로 굳이 설명할 필요는 없다고 생각했
는지 모른다. 그냥 다른 가사 없이 "세상 풍경 중에서 제일 아름
다운 풍경/ 모든 것들이 제자리로 돌아간 풍경"이라는 가사를
여러 번 반복하다 보면, 제자리를 이탈한 이 시대의 여러 가지
일들을 빗대거나 상징하는 메시지를 느낄 수 있을 것이다.

지금 우리 시대에 가장 필요한 것, 가장 나아가야 할 방향은

분명하다. 우리는 "세상 모든 것들이/ 제자리로 돌아가는 아름다운 풍경" 속에 발을 딛고 살고 싶은 것이다.

지금껏 우리는 헛된 욕망과 잘못 목표로 삼고 있는 환상의 신기루를 찾느라고 모두들 헤매고 있어서 가장 아름다운 것을 보지 못하며 살고 있는지도 모른다.

가사는 단조롭고 밋밋하다. 시인과촌장의 노래는 동화풍이다. 그러나 이런 단순한 가사가 지금 던지는 내용은 단순하지 않다. 6, 70년대 군사정권 시절에 학생들이 데모를 하거나 노동자들이 파업을 하면 자주 들었던 구호와 비슷하다.

학생은 학원으로!
노동자는 산업현장으로!
군인은 군대로!

그러나 지금은 칼자루와 칼날을 잡은 위치가 달라진 셈이다. 대통령은 대통령의 자리에서, 국무위원은 국무위원 역할로, 국회의원은 국회에서, 기독교도들은 교회에서, 법무부 장관은 장관대로, 검찰총장은 총장대로, NLL을 지키는 군인은 군인대로 제자리를 지키거나 제자리로 돌아가는 세상이 되었으면 좋겠다. 제발 국민의 생명을 지키고, 경제를 살리고, 국가의 품격을 지키는 대통령이 제자리를 잡고 있는 나라가 되었으면 좋겠다.

문화를 무시하는
문화체육부

내가 참 순진했다. 현역시인 출신 의원이 문체부 장관으로 입각한다는 소식을 들었을 때 "그래, 시인 장관이니까 윤동주 관련 민원 하나쯤은 해결될 수 있을 거야"하고 김칫국을 마셨다.

무슨 이야기인가 하면, 그 신입 장관은 2017년 서울시인협회가 추최한 '윤동주 100년의 해' 선포식에도 참석하셨을 뿐만 아니라 국회에서 '한국문학관'을 세우는 법안을 발의하여 통과시킨 시인 의원이었기 때문이다. 그래서 윤동주 탄생 100주년 기념우표 발행이라든가 서울 하늘공원에 '윤동주 서시공원'을 조성하여 윤동주를 사랑하는 분들을 위한 관광명소로 만들자는 일을 도울 수 있을 줄 알았다.

이메일로 아이디어를 보내고 장관실을 통해 연락을 취해봤지만 허사였다. 그 일이 성사되지 못한 건 순전히 내가 순진한 탓이었지 그 시인장관에게는 아무런 죄가 없다.

왜냐하면 장관은 부임하자마자 당시 대통령의 명령으로, 거의 모든 신경을 평창올림픽에 쏟아야 했기 때문이다. 대통령 특별지시 사항이었다. 그때의 '문체부'는 아마도 '문'보다는 '체'가 더욱 큰일일 수밖에 없었던 거다.

그런데 부서 약칭이 문체부라고 해서 '문'과 '체'만 있는 게 아니었다. 관광 업무도 그에 못지않은 업무다. 그렇다면 문체부가 아니라 약칭을 '문체광부'로 불러야 마땅하다.

공보처(1948) → 공보실(1955) → 문화공보부(1968) → 문화부(1990) → 문화체육부(1993) → 문화관광부(1999) → 국정홍보처 분리(1999) → 문화체육관광부(2013)

이렇게 정권의 입맛에 따라, 산업 환경의 변화에 따라 문화를 관장하는 문체부는 변화에 변화를 거듭해왔다.

이름만 바뀐 게 아니라 소관 업무도 붙였다 떼었다 하기를 반복해왔다. '문화'와 '체육'과 '관광'은 사실 서로 별 관계도 없는 일이다. 그런 문체부 장관에 시인 장관이 부임하셨으니 김칫국 마신 내가 순진한 거다.

문체부가 관장하는 주요 업무만 열거해 보자. 디지털콘텐츠 업무, 문화, 예술, 체육, 관광, 영상, 광고, 출판, 간행물, 언론, 국정홍보, 종교업무, 방송, 출판, 간행물, 청소년, 해외문화홍보, 관광 업무… 등등이다. 이러니 문체부에서 '문화'는, 아니 '문학'은 전체 업무 중 100분의 1쯤 되는지, 아직도 궁금하다.

왜 하필
옥자냐

이장호 감독이 연출한 영화 중에 "명자 아끼꼬 쏘냐"라는 제목의 영화가 있었다. 여배우 김지미 씨가 주연한 영화다.

'명자明子'는 부모님이 지어주신 이름이고, '명자'를 일본어로는 '아끼꼬'라고 부른다. 그런데 해방이 되자 (아마 북한에 살았는지) 러시아 이름 '쏘냐'로 바꾼 거다.

이장호 감독의 영화는 한 여성이 가져야 했던 세 가지 이름을 통해 근현대사 속의 한국 여성이 겪어야 했던 기구한 운명을 그렸다는 평가를 받았다.

여자 이름이 들어간 영화로는, 조선작의 장편소설 「영자의 전성시대」도 있고, 박찬욱 감독의 영화 "친절한 금자씨"도 있다.

'명자'나 '영자'나 '금자'처럼 옛날에는 '자'짜 돌림 여자이름이 흔하다. 순자, 혜자, 미자, 춘자, 현자, 경자, 덕자, 숙자… 등등 예를 들자면 끝이 없다.

'자'짜 돌림은 전형적인 일본의 여성 이름이다. 영자는 히데

꼬, 명자는 아끼꼬, 경자는 게이꼬 이런 식이다.

한동안 우리말로 이름을 짓자는 풍조가 유행한 적이 있다. 아름이, 보람이, 사랑이, 소담이… 같은 이름들이 이때 지어진 이름들이다.

그것도 이제는 옛말이다. 요즈음 인기 있는 여자애들 이름은 서윤, 하윤, 서연, 지우, 하은이라고 한다. 돌림자에 '윤' '연' '은'이 들어가는 이름을 선호하는 것으로, 이는 서양사람 이름에서 영향 받은 때문이라는 거다.

그런데, 봉준호 감독은 최근 새로 개봉한 영화 주인공 이름을 왜 하필 '옥자'라고 했을까? 강원도 산골마을에서 유유자적 살고 있는 옥자는 사실은 '사람'이 아니라 돼지 이름이다.

봉준호 감독은 "옥자는 생산성이 떨어지는 돼지라는 뜻"이라고 설명하였다. 이 영화에는 옥자와 함께 '미자'도 나온다. 미자는 물론 '인간' 여자다.

아마도 봉준호 감독은 훼손되어가는 '환경' 문제를 상징적으로 보여주기 위해 옛날 시골에서 상경한 시골처녀 이름 '옥자'로 작명한 게 아닐까. 이름이야 어떻든 육백억 원을 들인 영화라니까 대박 났으면 좋겠다.

예약하셨어요?

　연말에는 동창회도 많고 각종 단체 송년모임도 많다. 그래서 맛집이라고 소문난 식당이나 대중교통으로 접근하기 좋은 위치에 있는 레스토랑, 호텔 연회실 등을 예약한다.

　그런데 뜻밖에도 예약금을 많이 달라는 곳이 많다. 30여 명 참석에 총 예상 금액 100만원이면 20만 원 정도 예약금을 내라는 거다.

　예약금을 왜 이렇게 많이 받으려고 하느냐며 따진다. 그랬더니 적은 금액을 내고 예약하는 사람들 중에는 당일 아무런 통보도 없이 그냥 펑크 내는 사람들이 많아 어쩔 수 없다는 거다.

　최근 한 서비스업체가 조사를 해 언론에 발표한 기사가 있다. 이 조사에 따르면 우리나라의 '예약 취소율'은 20% 이상이라는 거다. 따라서 이 예약 취소율 때문에 발생하는 경제적 손실이 연간 약 4조 5천 억에 달한다고 한다.

그 나라가 선진국이냐 아니냐의 바로미터는 물론 연간 국민소득으로 따진다. 연간 3만 달러 이상이면 대개 선진국으로 분류한다. 하지만 국민소득이 아무리 높다고 해도 예약 취소율이 10%이상이면 절대 선진국 자격이 없다는 거다.

오랫동안 등산동호회 등을 운영하면서 가장 속 썩는 일은 참석한다고 해놓고 무단불참 하는 사람들 때문이다.

이 무단불참자, 즉 다시 말하면 예약해놓고 취소하는 사람들을 유심히 살펴보면 거의 모두가 이기주의자거나 개인주의자라는 사실이다. 그런 사람일수록 타인이 자기에게 해주어야 할 의무에 대해서는 한 치 양보도 하지 않지만 자기가 타인에 대해 지켜야 할 일에 대해서는 무책임하기 짝이 없다.

예약을 끝내고 담당자에게 "예약문화가 정착되려면 어떻게 해야 할까요?"하는 질문을 한다.

그랬더니 서슴없이 "예약금을 30%이상으로 올리면 되겠지요"하는 대답이다. '30% 예약금'을 내야 한다는 주장을 당당하게 하는 사람이 사는 나라—이 나쁜 악습을 한시바삐 고쳐야 자랑스러운 위대한 대한민국이 되는 거다. 자, 그럼 예약하실까요?

선글라스 쓰고
사진 찍기

선글라스는 강렬한 햇빛과 자외선으로부터 눈을 보호하기 위하여 쓰는 색깔 있는 안경이다. 자주 사용되는 곳은 바닷가나 스키장 고속도로 항공기 등 햇빛의 반사가 활동에 지장을 줄 정도로 강한 곳이다.

서양에서는 화창한 날에는 꼭 선글라스를 착용하는데, 서양인들은 몸의 색소가 다른 인종보다 적은 편이기 때문에 착용한다는 거다.

자외선의 위험성에 대한 정보가 많이 알려진 요즘에는 우리나라 사람들도 선글라스를 자외선 차단용으로 착용하는 패션의 아이템으로도 인기가 높다. 또한 상대방 입장에서 눈이 보이지 않아 강한 모습을 심어줄 수 있기 때문에 정보기관 요원이나 군대 조교 등이 상대방에게 위압감을 주기 위해 착용하기도 한다.

그러나 선글라스를 쓰는 데도 예절이 있다.

예를 들면, 여자들이 머리칼 위에 선글라스를 올려 쓰는 일이 흔한데, 보기에 좋지 않다. 야외에서 셔츠 목덜미에 선글라스를 걸어두는 건 나쁘지 않지만 예를 갖춘 식사 자리에서는 이런 행동 역시 삼가는 것이 좋겠다. 또한 운동을 하기 위해 선글라스에 끈을 길게 매다는 경우가 있는데, 실내에서는 삼가야 한다.

봄이 한창이다. 야외로 식구나 친구들과 나갈 기회가 많은데, 야외의 필수 아이템은 사진 촬영이다.

이제는 스마트폰에 카메라가 내장되어 있어서 누구나 다 사진을 찍고 즐긴다. 이른바 인증샷이다. 그런데 꼭 선글라스를 끼고 사진을 찍는 사람들이 의외로 많다. 이 역시 절대 피해야 할 선글라스 예절이다. 앞에서도 언급했듯이 선글라스는 상대편에게 위압감을 주는 면도 있기 때문에 함께 사진을 찍힌 옆 사람이 싫어할 수 있다.

선글라스 끼고 찍은 사람 때문에 촬영한 사진 분위기를 망치는 경우도 있다. 유럽에서는 안경을 쓴다는 사실이 그리 달가운 일이 아니기 때문에 안경을 작게 만들어 필요한 때만 사용한다는 거다. 손잡이가 달린 안경이나 외알 안경이 나온 이유가 바로 그런 이유 때문이다.

어쨌든 선글라스를 착용하고 사진을 찍지 말아야 할 것이다.

자신의 민낯이 부끄럽지 않으면 자연스런 모습으로 사진을 찍었으면 좋겠다.

가짜 김일성
진짜 김일성

이육사라는 이름은 시인으로 불릴 때 더 친근하다. 하지만 그의 행적을 봤을 때 시인은 타이틀에 불과하고 실상 그 정체는 '독립운동가'라고 하는 편이 맞다.

이원록李源綠이 본명인 그가 육사陸史라는 호를 지은 이유에서부터 그 자세를 엿볼 수 있다. 이육사라는 이름이 자신의 죄수번호였던 '264'를 차용했다는 사실은 유명하다. 하지만 육사라는 이름에는 또 다른 뜻이 있다. 그것은 바로 죽일 육戮자에 역사 사史라고 지어 "역사를 도륙하겠다"는 뜻을 담은 거다. 당시 일제의 지배를 받고 있었기 때문에 역사를 죽인다는 것은 일본을 죽인다는 것과 일맥상통한다.

아무튼 이런 맥락에서 볼 때 이육사 시인은 일본에 대해 강한 저항의식이 있는 시인이라는 사실을 알 수 있다. 그의 대표시 「광야曠野」에 나오는 한 구절 때문에 한동안 오해를 사는 일도 있었다. 바로 "백마 타고 오는 초인"이라는 구절이다.

까마득한 날에

하늘이 처음 열리고

어데 닭 우는 소리 들렸으랴

(중략)

큰 강물이 비로소 길을 열었다

지금 눈 나리고

매화향기 홀로 아득하니

내 여기 가난한 노래의 씨를 뿌려라

다시 천고의 뒤에

백마 타고 오는 초인이 있어

이 광야에서 목놓아 부르게 하리라

이육사 「광야」 일부

여기서 나오는 '백마 타고 오는 초인'이란 구절이 바로 '김일성'을 일컫는 말이라는 오해다. 결론부터 이야기하자면 이육사가 여기서 말한 백마 타고 오는 초인이 김일성을 뜻하는 말은 맞다. 하지만 여기에는 중대한 사실 관계의 오해가 있다. 그것은 바로 이 시에서 말하는 김일성이 북한 최고 권력자였던 김일성은 아니라는 사실이다.

일제 강점기 시절에 조선인들의 영웅이자 '조선의 나폴레옹'이라 불리던 사나이가 있다. 그의 본명은 김광서, 하지만 김경천이라는 별명으로 더 유명하다. 만주와 연해주 일대를 오가며 일본인과 내통한 중국인들과 일본인들에 맞선 전투를 벌여 그 이름이 널리 알려진 장군이다. 김경천에게는 유명한 별명이 하나 더 있는데, 그것은 바로 '백마 탄 김장군'이라는 별명이다.

일본 육군 사관학교 최우수 졸업생이었던 그는 소위 임관을 거부하는 등 평소에도 강한 애국심을 선보인다. 하지만 김경천은 금세 자신의 생각이 잘못됐다는 것을 깨닫는다. 독립전쟁을 하기 위해서는 무엇보다 일본 군사기밀을 가장 가까이에서 봐야 할 필요가 있다고 느꼈기 때문이다. 그래서 김경천은 일본군 기병장교로 임관을 한 뒤 몇 년 동안 일본의 군사기밀을 빼돌리며 독립전쟁을 준비한다.

이후 그는 1919년 당시 독립군을 양성하던 신흥무관학교 교관으로 근무한다. 얼마 후 러시아 지역으로 떠나 본격적으로 의용군을 모아 독립전쟁을 시작한다. 이때부터 시베리아와 만주 일대에서 그의 영웅담이 하나둘 들려오기 시작하는데, 본명인 김광서가 아닌 다른 이름을 많이 사용한다. '김경천' 또는 '김일성'이라는 이름으로 활동한다.

민족투사였던 이육사는 1925년 의열단에 가입한다. 이때 이육사는 김일성(김경천)의 일화를 직접 소문으로 듣는다. 그래서 1937년 시 「광야」를 발표할 때, 고통 받는 조선인들을 위해 앞장서 일본 군국주의와 싸우는 영웅의 모습을 그려내고 싶었던 거다.

하지만 해방이 되자 이상한 일이 발생한다. 김일성 장군이 온다는 이야기를 듣고 들떠 있던 사람들에게 웬 낯선 김일성(김성주)이 등장한 거다. 김일성의 외투를 뒤집어쓰고 나타난 김성주는 마치 김일성인 것처럼 행세하기 시작한다. 김일성 장군이 남긴 영웅 신화를 자신의 것인 양 살을 붙이고 부풀려 위장한다. 이 웃기는 사기행각 변장술에 그만 이육사 시인 역시 속아 넘어간 피해자가 되고 만 거다.

꼰대를
사양합니다

웬만큼 나이를 먹은 사람들 중에 "나는 꼰대다"라는 사실을 인정하는 사람보다 "나는 꼰대가 아니다"라고 강력하게 부정하는 사람이 많다. 물론 이 글을 쓰는 나도 "꼰대가 아니다"라고 강력하게 주장하지만, 과연 그럴까?

우선 '꼰대'란 어떤 사람이며 어떨 때 꼰대가 되는지부터 알아 두자. 사전에 꼰대는 명사 또는 은어로, 늙은이를 지칭하는 말이라고 나온다. 이 말을 알기 쉽게 설명하자면 "자신의 경험을 일반화해서 다른 사람에게 일방적으로 강요하는 것"을 '꼰대질'한다는 거다. "손아랫사람들에게 가르치고 영향을 주려고 하는 나이를 먹은 사람"이 자기도 모르는 사이에 꼰대 소리를 듣는다. 어른 쯤 되면 누구나 자기생각이 아랫사람에게 (긍정적인) 영향을 미쳐 그들이 따라오기를 바란다.

나이를 먹은 사람들이 살아온 시대와 현재는 너무나도 다른 세상이다. 달라진 세상을 늙어가는 세대들은 쉽게 이해하기 어려운 상황이 된 지도 오래다.

그런데도 이것을 이해하지 못하고 아직도 "왕년에 내가…" "젊은 시절에 다 해봤거든" "내 경험에 의하면…." 하는 식으로 '자신의 주장만 연신 늘어놓는 말 많은 유형'이나 '자신이 많은 것을 알고 있다, 그래서 그것이 옳다고 떠들어대는 유형' 즉 "상대에 대한 이해나 배려가 없는 경우", 또는 "빈 수레가 더 요란하다고 보이는 그런 사람들"은 바로 모두 꼰대가 되어 가거나 이미 꼰대라고 할 만하다.

이런 꼰대를 이해할 수 없는 사람들을 "생각이 꽉 막혔어" "고집 진짜 쎄다" "낡아빠졌어" "창의적이지 못하다"고 비난한다.

내가 보기에는 (나를 포함해서) 글 쓰는, 이른바 나이 먹은 시인 작가들에게 꼰대가 꽤 많다. 수필이나 시를 통해 꼭 무엇인가를 가르치려드는 분, "사랑한다는 것" "행복이라는 것"처럼 자기만이 아는 삶의 지혜를 제시하며 이를 '정답'이라도 되는 것처럼 쓰는 분들…. 이런 식으로 글을 쓰는 나도 이미 꼰대 소리 들어야 할지 모르겠다.

수상한
애국심

중국 공산당 정부는, 홍콩 입법회 의원이 되려면 '애국심'을 가진 사람만이 출마할 수 있다는 결의안을 통과시켰다고 알려졌다. 이 경우의 '애국심'은 중국 공산당의 생각과 홍콩 시민들의 생각은 분명 다를 것이다.

오래 전 1968년인가, 도쿄올림픽 마라톤 때 아나운서는 목청을 높여 이렇게 중계방송 했다. "고국에 계신 국민 여러분, 우리의 이창훈 선수, 가슴에 태극기도 선명하게, 결승점으로 들어옵니다. 일착으로 들어옵니다…" 이 중계 방송을 듣던 그 시절 뭉클한 감동을 받았다. 마라톤 선수 이창훈이 바로 진정한 애국자라고도 느꼈다.

애국심이란, 사전에는 "자기 나라를 사랑하는 마음"이라고 나온다. 그래서 한국은 국가國歌를 '애국가'라고 부르면서 "동해물과 백두산이 마르고 닳도록 하느님이 보우하사….무궁화 삼천리 화려강산 대한 사람 대한으로 길이길이 보전하세"를 행사

때마다 불러대는 거다.

월남 전쟁터에서 전사자를 고국으로 보내는 환송식에서도 불렀고, 큰 스포츠 경기 시작 전 출전선수들과 함께 애국가를 따라 부르기도 했다. 한 국가대표 축구선수는 운동장에서 경기 시작 전에 애국가를 목청껏 부르면 힘이 났다고도 말한다. 애국가는 마치 애국심을 불러내는 마취제 같았던 것이다.

핀란드를 대표하는 인류학자이자 철학자인 베스터르 마르크 (1862~1939)는 '애국심'을 네 단계로 나누어 정의하였다. ① 자기와 함께 생활하는 인민에 대한 애정, ② 자기가 낳고 자란 곳에 대한 애착, ③ 자기 인종, 자기 언어에 대한 봉사심, ④ 자기 조상 이래 계속 지켜져 온 전통, 관습, 법률 제도에 대한 깊은 존경심 등이 애국심이라는 것이다.

"나라를 사랑한다"는 애국심의 성질이나 형태는 시대에 따라 달라진다. 성균관대에서 형법학을 가르쳤던 최종규 교수는 "군주국가에서는 무조건 왕에게 복종하고 충성하는 마음이 애국심"이었지만 "현대 민주국가에서는 나라를 위하는 마음은 각 개인마다 다르므로 곰의 우직함과 여우의 지혜가 필요하다"고 말했다.

중국 공산당처럼 절대 복종이 애국심이라는 걸 누군가가 따라 할까봐 걱정이다.

005

#본캐 #천조국
#골뱅이 #만년필
#네옴시티 #파이팅 #돼지풀
#귀화식물 #시그니처
#번아웃 #5G #부캐

번아웃 증후군

최근, 번아웃 증후군burnout syndrome을 호소하는 사람이 많아졌다. '번아웃 증후군'이란 한 가지 일에 몰두하던 사람이 금식한 신체적·정신적 피로로 무기력증에 빠지거나 자기혐오·직무 거부 현상을 일으키는 것을 가리킨다.

어떤 일에 한 눈 팔지 않고 불타오르듯 집중하다가 갑자기 그 불이 꺼져 버린 듯 무기력해지면서 업무에 적응하지 못하는 증상을 보인다. 주로 자기가 생각한 대로 일이 잘 풀려가지 않거나 실패하게 되면 육체적·정신적 피로가 쌓였을 때 나타난다고 한다. 특히 이런 증상은 직장인들이 많이 호소하는 증상 중의 하나다.

방송에도 자주 패널로 출연하는 대학교수 P씨는 이런 증상이 특히 심해졌다. 조금만 몸을 움직여도 무슨 병에라도 걸린 것처럼 쉽게 피로해지고 예전보다 집중력도 눈에 띄게 떨어졌다고 말한다. 더욱이 강의 중 이유 없이 손이 떨리는 증상까지 나타난다. 그래서 피로를 풀기 위해서 커피를 서너 잔 이상 마셔도 피로감은 쉽게 가시지 않고, 항상 목 뒷부분이 뭉쳐 있고 가끔 이유 없이 허리도 아프다.

세계보건기구는 번아웃 증후군을 "제대로 관리되지 않은 만성 직장 스트레스"로 규정한다. 의학적으로 질병은 아니지만 제대로 알고 관리해야 하는 직업 관련 증상 중 하나로 인정한다.

번아웃 증후군이 심해지면 만성적인 피로감과 함께 아침에 일어나기가 어렵고 확연하게 체력이 떨어진다. 또한 이유 없는 체중감소, 알레르기 증상, 관절통 등이 반복적으로 발생하는데, 의사에게 보여도 아무 이상이 없다는 대답이 돌아온다.

홍승권 인천 성모병원 교수는 번아웃 증후군을 극복하는 데 도움이 되는 5가지 생활습관을 제시한다.

① 혼자 고민하지 말고 배우자나 멘토 역할을 하는 분과 대화한다
② 소설·잡지 같은 책을 읽는다
③ 명함 정리 같은 단순한 업무를 해 본다
④ 가벼운 운동과 취미생활을 통해 스트레스를 스스로 해소한다
⑤ 아침에 조금 일찍 일어난다

⑥ 직장 내 부서 이동 등 환경을 바꿔 본다

⑦ 혼자 감당하기 어려울 때는 병원의 스트레스 클리닉이나
정신건강의학과를 찾아간다

귀화식물
돼지풀

 개망초, 망초, 미루나무, 아카시아, 달맞이꽃, 콩다닥냉이, 애기수영… 등의 이름의 공통점은 무엇일까? 정답은 바로 이 식물들은 토종식물이 아니라 귀화식물歸化植物이라는 거다. 사람이나 동물, 화물 등의 매개에 의해 외국의 자생지로부터 국내로 옮겨와 우리 땅에 야생하게 된 식물을 가리키는 명칭이다.

 현재 우리나라의 귀화식물은 약 200여 종이 넘는다. 그중에는 별로 해롭지 않은 것도 있지만 길가, 빈터, 공단 주위 등 파헤쳐진 땅과 환경오염 지대 등 어디에서나 자라는 유해한 식물도 많고 그 피해도 심각하다.

 가장 대표적으로 나쁜 귀화식물이 돼지풀이다. 그렇다고 모든 귀화식물이 박멸해야 할 대상은 아니다. 삼엽국화나 달맞이꽃처럼 자원 식물로 사랑받는 종류도 많다. 맨 앞에 예를 든 식물들처럼 귀화식물 중 우리나라 토종과 같은 대접을 받는 식물들도 적지 않다.

'디아스포라'는 '흩어지거나 퍼뜨리는 것'을 뜻하는 그리스어에서 유래한 말이다. 자신들이 살던 땅을 떠나 다른 지역으로 이동해 사는 사람들을 가리킨다.

이들은 원래부터 거주했던 토착민들과는 다르다. 난민과 관련이 깊다. 다른 지역으로 터전을 옮겨 생활하면 자연스럽게 새로운 문화가 생겨난다. 이것이 바로 디아스포라 문화다. 본래 그 지역에 살던 사람들의 문화와는 전혀 다른 방식으로 전개된다. 일본과 중국 특히 만주 지역에 사는 한국인들이 디아스포라다.

분명 귀화식물들은 그들 스스로 우리 땅을 찾아온 것은 아니다. 그러므로 귀화식물이라고 구박하지 말고 디아스포라의 개념으로 잘 관리하고 인정해야 할 것이다.

우리 민족은 역사적 상황 때문에 강제로 만주, 일본 등으로 떠돌며 살아야 했다. 미래를 위해 미국 같은 나라로도 이주했다. 그런데 요즘에는 수많은 외국인들이 이른바 '코리안드림'을 꿈꾸며 우리 땅을 찾아와 생활하고 있다. 이들을 외국인이라고 우리가 배척하면 안 된다.

이런 현상을 가리켜 '다문화주의'라고 한다. 문화의 우열을 가리지 않고 문화를 그대로 인정하고 다양한 문화와 인종이 어우러져 더 나은 미래를 열 수 있는 새로운 문화를 창출하자는 개념이다.

귀화식물을 통해 다문화주의를 생각해 보았다.

만년필로
글을 쓰면

    펜 안에 잉크를 저장하는 잉크통이 들어 있는 필기구가 만년필이다. 지금은 값싼 볼펜 등 필기구에 밀려 왕좌 자리를 내놓은 신세지만 아직도 만년필을 선호하는 시인 작가들이 많다.

    지금 우리가 쓰는 현대식 만년필은 1884년 미국의 루이스 워터맨이 모세관 현상을 이용한 필기구를 발명하여 세상에 내놓은 거다.

    만년필의 명품에는 '파카' '몽블랑' '워터맨' 등이 있다. 물론 값이 만만치 않다. 이렇게 값이 비싼 필기구지만 볼펜이 대중화되기 전 60-70년대에는 졸업과 입학을 앞둔 학생들이 받고 싶어 하는 선물 1호로 인기가 있었다. 유럽과 중국의 경우는 지금도 초등학교 입학한 학생이 만년필을 사용할 정도로 여전히 만년필은 중요한 필기구의 위치를 지키고 있다.

    만년필의 매력은 아무래도 '필기감'에 있을 것이다. 새 만년필을 사용하기 시작한 후 2~3개월 이상 꾸준히 사용하면 펜촉은 쓰는 사람의 필압에 알맞게 촉끝이 조금씩 마모가 되어 사용자의 필기 습관에 길들여지는 성질이 있다. 따라서 이렇게 길들여진 '나만의 만년필'로 글을 쓰면 어쩐지 글이 잘 써지는 것 같은 착각이 들어 애착과 희열을 느끼는 것이다.

만년필을 애용하는 작가 시인들은 그냥 필기구가 아니라고 말한다. 그러나 제대로 자신만의 만년필이라고 말할 수 있는 정도가 되려면 몇 년은 꾸준히 써야 한다. 그런 오랜 기간을 거치면서 추억과 함께 하기에 만년필은 인생의 동반자라는 말을 듣기도 한다.

게다가 이렇게 오랜 시간 동고동락한 만년필은 어느새 그 사람의 필기 습관과 특징에 완벽하게 부합하는, 세계에서 유일한 필기구가 되는 것이다.

또한 "자기 이름 석 자는 반드시 품질 좋은 필기구로 써야 한다"는 인식을 지닌 문인들이 많다. 그래서 서명용 만년필 하나만은 가능하다면 고급 명품으로 장만하는 경향이 있다.

만년필은 볼펜과 연필에 비해 손의 피로감이 훨씬 적다. 손목에 힘을 빼고 써도 글이 술술 써진다. 그래서 작고 시인들 기념관에 가보면 유품 중에 만년필 한두 개는 꼭 있다.

경주에 있는 목월동리기념관에도 작가 김동리 선생이 평생 사용하며 집필하던 낡고 손때 묻은 만년필이 전시되어 있다.

시그니처

    사전적인 의미로 '시그니처 signaure'는 서명, 서명하기, '특징' 으로 해석한다. 이 단어는 우리가 흔히 사용하는 약자로 '사인 sign'이다.

    그런데 요즘 맥도날드 햄버거에도 '시그니처버거'가 있는 것처럼 그 의미는 조금 다르게 사용하고 있고, 이것이 최근 기업에서 유행하고 있는 대세다. 이것은 '심볼마크'와 '로고타이프'의 의미가 합쳐진 표기로 많이 사용되고 있다.

    이 단어를 사용하는 업체나 매체에서는 신제품의 아이템에 간격이나 비례, 색상 등의 고유함을 부여해 다른 기업들이 임의로 바꿀 수 없게 하기 위해 그 제품에 선택적으로 사용하고 있다.

    예를 들면 누구나 다 사용할 수 있는 일반화된 이미지나 아이템이 아닌 한 브랜드의 시즌을 대표하는 컬러를 '시그니처 컬러'라고 하고, 고급 레스토랑에서 다른 음식점에서는 맛볼 수 없는 셰프 고유의 레시피로 만든 대표 음식을 '시그니처 메뉴'

라고 이름 붙여 사용하고 있는 경우다. 미국에서는 '시그니처 디쉬'라는 표현으로 많이 사용하기도 한다.

'사인(서명)'이 그 사람을 대표하듯 시그니처 뜻은 더 큰 의미에서 브랜드를 대표하는 특정한 어떤 것이라고 생각하면 이해하기 쉽다. 자동차를 예로 들면 독특한 디자인의 컨셉카를 만든 현대자동차가 아예 '제네시스'라는 브랜드를 현대자동차와 따로 분류해서 광고하는 것도 '제네시스' 브랜드를 시그니처화 하려는 전략이다.

이처럼 시그니처 상품은 특별한 기술력을 적용하거나 디자인, 컬러에 의미를 부여하는 경우가 많다. 코카콜라는 빨간색, 국내 대표적 포털 사이트 네이버는 초록색이 시그니처 컬러인 셈이다. 또한 교촌치킨은 간장치킨, 맥도날드는 빅맥, 롯데리아는 새우버거, 롯데월드타워의 시그니처는 전망대, 체크 패턴은 버버리의 시그니처, 삼성전자의 시그니처는 갤럭시S 시리즈, 애플은 아이폰, 테슬라의 시그니쳐는 모델S 등이 시그니처라고 알려져 있는데, 이 상품들이 바로 그 브랜드를 대표하게 하는 전략이다.

그런데 요즘에는 제품이 아닌 사람에게도 '시그니처'라는 단어를 자주 사용한다. 유명 연예인이 자주 쓰는 단어나 제스처, 말투가 그 사람을 대표하는 시그니처가 되기도 하는 것이다.

자 찍어요,
파이팅!

예전에 사진을 찍을 때면 사진사가 "파이팅" 하라고 해서 "촌스럽게스리"라면서도 어색하게 "파이팅!"을 외치면서 사진을 찍곤 한다. 그 시절에는 많은 사람들이 그런 구호를 외친다.

그런데 요즈음 다시 '파이팅'에 빠진다. 유튜브를 열면 나오는 tvN드라마 "나의 아저씨" 때문이다. 주인공은 박동훈(이선균)과 이지안(아이유)이다. 동훈은 부장이고 이지안은 파견직 신분이다.

처음부터 호감을 갖는 사이는 아니었다. 여러 가지 일들을 겪으면서 친밀한 사이로 발전한다. 연인 사이 같은 남녀관계가 아니라 인간 대 인간, 순수한 관계이다.

모진 인생을 살아온 지안은 좀처럼 웃은 적이 없는 불우한 처녀다. 그런 그녀가 진심으로 친절을 베푸는 동훈 덕분에 비로소 밝은 웃음을 짓게 된다. '아저씨' 동훈은 지안에게 "인생도 내력과 외력의 싸움이야. 무슨 일이 있어도 내력이 있으면 버티는 거야"라고 말하며 내면으로 단단한 사람이 되라고 조언한다.

그런 아저씨 동훈을 향해 지안은 서툰 목소리로 "파이팅!"하며 외친다. 주변 사람들에게 도움만 받았던 지안이 동훈에게 힘이 되어주고 싶은 거다.

파이팅은 "힘내라"라는 뜻으로 통용되는 구호다. 힘을 내거나 기합을 넣어야 하는 상황, 스포츠 경기 응원할 때 주로 사용된다. 그러나 응원 구호로 사용되기 전 일상생활에서도 흔하게 사용되었었다. 살아가는 데 필요한, 즉 전의戰意, 또는 투지鬪志를 나타낼 때도 '파이팅을 보이다' '파이팅이 넘친다'는 뜻으로 사용한다.

영어단어 fight 자체로만 보면 '주먹으로 치고받으며 싸우다'는 의미다. 현재진행형 fighting이 되면 '주먹으로 치고받으며 싸우는 중'이라는 의미다.

그래서 외국인에게 이 말을 쓴다면, 밑도 끝도 없이 "싸우는 중"이라고 외치는 것처럼 들린다. 그러니 '파이팅'을 외국인들 앞에선 사용하지 말자.

오늘도 엄청난 죄를 저지른 권력형 범죄자들을 조사하고 잡아넣으려고 고군분투하는 분들을 향해 힘차게 응원하자. "파이팅!"이라고.

무공해 도시
네옴시티

　사우디아라비아의 빈 살만 왕세자가 한국에 오면서 알려지게
된 '네옴시티'는 사우디아라비아 서북부 허허벌판 사막에 건설
될 신도시다.

　규모만 해도 서울시의 44배로, 유럽의 벨기에만한 크기라고
한다. 이 도시 안에 주거지구(더 라인), 산업지구(옥사곤), 관광지
구(트로제나)로 구성한다는 계획이다.

　그 엄청난 스케일 못지않게 놀라운 건 이 도시를 몽땅 '탄소
제로' 도시, 무공해 도시로 만든다는 거다. 태양광과 풍력, 그린
수소 같은 신재생에너지로만 전기를 생산할 뿐 아니라, 주거 지
구엔 아예 자동차가 다니지 않게 만든다니 그저 놀라울 따름이
다. "이제 더 이상 석유만 파서 먹고 살지 않겠다"는 빈 살만 왕
세자의 의지가 집약된 프로젝트다.

　지난 2017년 발표한 총사업비 규모가 약 5000억 달러, 우리
돈으로 650조원이지만 전 세계 언론들이 예상하는 사업비 규모

는 1조 달러에 달한다. 부자 나라 사우디아라비아가 역대급 초대형 신도시를 건설한다니, 우리나라에는 엄청난 기회다. 두바이 건설 때도 '사막의 기적'이라고 했는데, 두바이는 네옴시티와는 비교도 안 된다.

이미 네옴시티 중에서 핵심지구인 '더 라인 The Line' 조감도가 공개되었다.

"뭐? 이게 말이 돼?"라며 눈을 의심한다는 반응들이다. 마치 유리 장벽이 사막을 가로지르는 듯한 모습의 '더 라인' 조감도는 평행한 두 건물이 일자로 배치된다. 외벽은 거울로 돼서 주변 풍경을 반사한다. 홍해 해안에서 사막을 거쳐 산을 향해 무려 170킬로미터에 걸쳐 높이 500미터짜리 고층건물 두개가 200미터의 폭으로 평행하게 일직선으로 뻗어간다. 높이는 롯데월드타워(550미터)에 맞먹고, 길이는 서울에서 강릉까지의 거리와 같다. 도시 전체가 일직선이고 수직이다. 듣도 보도 못한 도시 디자인이다.

빈 살만 왕세자는 이렇게 설명한다.

"전통적인 '수평 도시'에 도전하고 자연보호와 인간의 거주성 향상을 위한 모델입니다."

인류 역사상 초대 역사가 될 이 공사—정말 기대되는 이유다.

본캐와
부캐

　최근 '부캐'가 유행하고 있다. 부캐는 '부캐릭터' 즉 '서브 캐릭터'라는 뜻이다. 원래의 '본캐(본character)' 와 별도로 만든 두 번째 캐릭터를 의미한다.

　이 말은 처음에 게임에서 쓰이던 말이었는데, 최근에는 각종 방송 등 연예계를 비롯해 정치인 등 일상생활에서도 폭넓게 쓰인다. 다시 말해 인생에도 나의 '본정체성' 과 별도로 나의 '부정체성' 을 만드는 것이 유행하고 있는 거다.

　연예계의 대표 예능 프로그램의 하나인 "놀면 뭐하니"의 유재석이 자신의 부캐인 '유산슬'을 만들어 큰 화제가 된 적이 있다. 기존 이미지에서 탈피해 새로운 이미지의 캐릭터인 부캐, 즉 두 번째 정체성으로 활동하는 것이다. 원래 어떤 연예인이 바르고 얌전한 이미지였다면 새로운 '이름'을 만들어서 마치 다른 사람에게 빙의된 것처럼 발랄하고 파격적인 성격의 새로운 캐릭터로 대중 앞에 서기도 한다.

시청자들은 기존과 다른 연예인 모습에 새로움과 흥미를 느끼고, 연예인 스스로도 다양한 모습을 연출할 수 있다 보니 이미 예능 등에서는 폭넓은 현상이 된다. 이 현상은 청년 세대의 삶 전반에도 퍼지고 있는데, 학생이나 직장인으로서 '본캐'가 있다면, 온라인 커뮤니티 등에서 별도 닉네임을 사용하는 '부캐'가 있는 식이다. 평소에 타인들에게 보여주지 않았던 성격, 진심, 솔직한 면모, 취향 등을 온라인 공간에서 마음껏 드러내며 새로운 정체성을 지니게 된다. 또한 각종 취미활동을 일종의 준직업적 영역으로 끌어올리면서 낮에는 직장인, 밤에는 스포츠 강사, 예술가, 사업가 등으로 활동하기도 한다.

이렇게 '본캐'와 별개로 '부캐'를 적극적으로 키우면서 일종의 N잡러(여러 직업을 가진 사람)가 되기도 하고, 다양한 성향과 성격의 다중적인 정체성을 가진 삶을 살아가기도 하는 것이다. 이런 현상은 청년세대가 단순히 서로의 취향을 존중하고 개인주의화되는 걸 넘어서서 자기 내부에서도 다양한 자아를 당연하게 받아들인다는 것을 보여준다. 이 현상은 각 방송사들이 유튜브를 통해 인기 프로그램의 외전을 선보이는 데서 확산되고 있다. 모바일 콘텐츠 시대인 만큼 브라운관을 넘어 스마트폰으로 영역을 확장하겠다는 방송사의 의지를 엿볼 수 있는 부분이다.

먹지 못하는
골뱅이

'골뱅이' 기호는 주로 이메일을 보낼 때 나의 인터넷 주소 뒤에 입력하는 기호다. 보통 인터넷 홈페이지 주소 같은 건 '닷' 즉 (.)으로 연결하는데, 유독 이메일에서만 '골뱅이' 기호를 쓴다.

그렇다면 이 골뱅이 기호는 누가 처음 생각해 냈을까? 바로 레이 톰린슨Ray Tomlinson이라는 사람이 1971년에 개발해 현재 우리가 편리하게 쓰고 있는 거다. 톰린슨은 컴퓨터 프로그래머였는데, 인터넷의 초기 단계라고 할 수 있는 '알파넷'의 개발에 참여한 사람이며 현재 우리가 사용하는 이메일 시스템을 최초로 만든 사람이다.

레이 톰린슨이 처음 이메일을 개발할 때 발신자를 구분하기 위해 이메일 주소라는 것이 필요했는데, 발신자 이름과 발신 위치를 구분하기 위해 어떤 기호가 좋을까 하고 생각하다가 키보드 상단, 거의 오른쪽 끝에 있는 골뱅이 기호가 사람 이름을 표기할 때 사용되지 않는 기호라서 그 골뱅이(@) 기호를 선택한다.

그렇다면 골뱅이 기호는 이메일 주소에서 어떤 의미가 있을까? 영어로 말하자면 'to' 혹은 'at'에 해당하는 라틴어 전치사 'ad'의 줄임말 정도의 의미를 가진다.

'골뱅이'라는 말은 우리나라에서만 사용하는 호칭이다. 스웨덴에서는 @기호를 '코끼리코'라고 부르고, 중국에서는 '생쥐', 영국에서는 '양배추'라고 부른다. 또 이스라엘에서는 '과자' 프랑스에서는 '달팽이'라고 부른다. '달팽이'는 우리나라 호칭인 골뱅이와 비슷하다.

그렇다면 톰린슨은 왜 @를 선택했을까요? 이유는 놀랍게도 키보드에서 '잘 쓰지 않는 기호' 중 하나였기 때문이다. 그 무렵에는 개개인에게 개별 메일을 보낼 수 없었다. 그저 컴퓨터 간의 메시지 교환만 가능했다. 그래서 톰린슨은 컴퓨터 위치와 사용자를 구별할 수 있는 요소로 기호를 사용하고자 했던 거다. 즉. 사용자 이름과 해당 컴퓨터 위치를 구별하기 위해서는 어떤 오해도 없을 의미 없는 기호여야 했으므로 톰린슨은 잘 사용되지 않으면서, 장소의 의미도 있었던 @를 사용했다.

그가 만든 이메일은 MIT가 선정한 '150개 혁신적인 아이디어'에서 4위에 랭크되기도 했다. 톰린슨은 2000년 미국 컴퓨터 박물관이 수여하는 '컴퓨터 개척상'을 수상하기도 했다.

QR코드와
친해 보자

길거리를 다니다가 알 수 없는 상형문자 같기도 하고 회사 직인職印 같기도 한 광고판을 만난다. 자세히 들여다보면 정사각형 모양의 불규칙한 마크가 들어 있다.

특수기호나 상형문자 같기도 한 이 마크가 바로 'QR코드'다. QR은 'Quick Response'의 약자로서, '빠른 응답'을 얻을 수 있다는 뜻이다. 이것은 바코드 비슷한 것인데, 활용성이나 정보성 면에서 바코드보다는 한층 발전한 코드 체계다.

기존의 바코드는 기본적으로 가로 배열에 최대 20여 자의 숫자 정보만 넣을 수 있는 1차원적 구성이지만, QR코드는 가로, 세로를 활용하여 숫자는 최대 7,089자, 문자는 최대 4,296자, 한자도 최대 1,817자 정도를 기록할 수 있는 2차원적 구성이다. 따라서 바코드가 기껏 상품명이나 제조사 등의 정보만 기록할 수 있지만, QR코드에는 긴 문장의 인터넷 주소URL나 사진 및 동영상 정보, 지도 정보, 명함 정보 등을 모두 담는다.

그래서 요즈음은 QR코드가 기업의 중요한 홍보마케팅 수단으로 통용되면서 폭넓게 활용된다.

QR코드를 처음 개발한 것은 1994년 일본 덴소웨이브 사다. 그런데 고맙게도 특허권을 행사하지 않아 누구라도 다양한 목적으로 쉽게 제작, 사용할 수 있다는 이점이 있다.

스마트폰이나 태블릿PC 등의 QR코드 인식 앱을 사용해 QR코드를 읽으면 해당 상품의 인터넷사이트에 접속하여 추가정보를 확인할 수 있다. 백화점이나 쇼핑몰 등에서는 QR코드에 할인 쿠폰 정보를 넣어 제품 구매할 때 스마트폰으로 간편하게 쿠폰을 사용할 수도 있으며 자신의 명함에 QR코드를 추가해 자신에 대한 자세한 소개나 개인 블로그 주소, 트위터, 페이스북 계정, 각종 전화번호, 사진 등을 넣어 둘 수도 있다.

최근에는 소설 같은 종이책에 QR코드를 첨부하기도 한다.

이 QR코드를 읽으면 본문 내용과 관련된 음악이나 동영상이 재생된다. 전통적인 매체인 '종이'에 디지털 콘텐츠를 더하면서 생동감 있게 진화한 셈이다.

'월간시인'도 QR코드를 사용하려고 준비 중이다.

5G가
뭐지?

최근 텔레비전 광고와 언론을 통해 가장 많이 나온 단어를 꼽으라면 단연 '5G(Generation·세대)'를 꼽는다. 이동통신사들이 쏟아놓는 광고는 모두 5G로 '도배'되어 있다시피 하다.

그러나 한 여론조사 기관이 성인남녀 1,000명을 대상으로 한 설문조사에서 절반 이상이 5G가 '구체적으로' 무엇을 뜻하는 모른다고 한다.

1G 통신은 음성만 주고받을 수 있었다.

2G 통신은 음성통화에 문자메시지를,

3G 통신은 동영상 전송까지 가능했다.

지금 보편화된 4G통신은 LTE(롱텀에볼루션) 기술을 바탕으로 음성, 문자, 영상 데이터를 3G 시대보다 10배 빠르게 주고받는다.

5G 통신을 설명하는 가장 쉬운 설명은 '1차선 도로가 10차선 고속도로로 변신했다'는 표현과 같다. '도로'가 넓어졌으니 지

금보다 10배 이상 더 빠르게 음성, 영상 등을 주고받을 수 있다는 얘기다.

2시간짜리 영화 한 편을 다운 받는데 1초면 가능하다. 한 이동통신사 광고처럼 이제 연예인이 AR artificial reality 와 VR virtual reality 기술을 응용해 가상의 형태로 내 방까지 찾아오게 할 수도 있다. 따라서 '초고속', '초저지연성', '초연결성' 등이 5G의 특징으로 꼽힌다.

5G시대의 생활 변화는 이미 조금씩 찾아오고 있다. 미국의 안경 회사 '와비 파커'는 앱에서 안경을 선택하면 셀프 카메라가 작동해 화면에 안경 낀 모습을 보여주는 방식을 도입했다.

가구메이커 이케아도 가구가 자신의 집에 어떻게 어울릴지 직접 놓아보는 AR기술을 개발했고, 로레알과 세포라 등 글로벌 화장품 브랜드들도 화장품을 바른 모습을 가상현실로 보여주는 앱을 내놓았다.

5G 기반에서는 이같은 서비스가 더 '진짜' 같아질 수 있다. 유통업계에서는 앞으로는 직접 가게에 물건을 진열해놓지 않고 VR로 대체할 수 있다는 관측까지 나온다. 산업적 관점으로 보면 더 넓다. 4G 시대가 되어서야 영상을 다운로드하지 않고 실시간으로 보는 유튜브가 탄생했듯이 전문가들은 5G 시대에 새로운 서비스가 탄생할 것이라고 본다.

천조국
공포

　젊은 네티즌들은 미국을 '천조국天祖國'이라고 불렀다. 옛날에 중국을 천자의 나라라는 뜻의 천조국으로 불렀던 것과 비슷한 호칭이다. 일설에 따르면 미국이 1년 국방비로 천조 원을 지출할 수 있기 때문에 미국을 '천조국'이라고 부른다는 말도 있다.

　요즈음은 한국도 미국에 뒤이어 천조국의 반열에 등극했다는 거다. 부동산 값이 치솟고 아파트 값이 하늘 높은 줄 모르고 올라, 그 덕분에 불로소득으로 강남 부자들이 천조 원을 벌었다는 뜻의 '천조국千兆國'이 되었다는 뜻도 있고, 퍼주기 좋아하는 정부 때문에 나라 빚이 '천조 원'이어서 천조국이라고 한다는 거다.

　그런데 놀랍게도, 한국이 미국을 능가하는 모양이다. 노무현 참여정부가 출범할 무렵, 대한민국 전체 땅값이 2,200조 원 정도로 알려졌는데, 참여정부 끝나갈 즈음 시민단체(경실련)에서 계산을 해 보니까 부동산 총액이 6,500조 원으로까지 솟구쳐

올랐다는 거다. 땅값만 4,000조 원 넘게 폭등했다는 거다.

　그렇다면 이명박 정부 때는 어땠을까? 2008년 이명박 정부가 등장한 후부터 부동산 거품이 걷히기 시작해, 이명박 정부 말기에는 전국 땅값이 1,200조 원이나 하락했다는 거다. 참여정부, 문재인 정부 모두 부동산 가격 안정을 위해 모든 정책 수단을 동원했음에도 땅값 상승을 되레 부채질한다. 이에 비해 이명박 정부는 건설경기 부양을 목적으로 갖은 무리수를 남발했음에도 불구하고 땅값은 오히려 하락했다니 믿을 수 있는가.

　문재인 정부의 2022년 예산은 604조 원 규모로 알려진다. 신종 코로나바이러스 감염증 4차 유행과 탄소중립 등에 대응하기 위해 '확장 재정'을 선택했기 때문이다. 문재인 정부는 2018년 본예산 총지출 증가율 7.1%를 기록한 이후 2019년 9.5%, 2020년 9.1%, 2021년 8.9%, 2022년 8.3% 등 해마다 8%가 늘어나 2018년 첫 해 428조였던 총지출 규모를 불과 4년만에 200조 가까이 늘인 거다.

　이제 우리나라 빚 '천조국' 시대가 성큼 다가오고 있다.

#광복 #신해철
#토착왜구 #보신탕 #서부전선
#미세먼지 #인구 절벽 #말모이
#아래아한글 #흙수저 #쪼다 #먹방
#영인본 #도꾜다이 #민들레
#보이코트 #국정교과서
#바나나 #대머리 총각
#칼질 #비빔밥론

한글의
활용

한글은 세종 25년(1443) '나랏말이 중국과 달라', '백성을 불쌍히 여겨' 창제한 '훈민정음'이다. 사람의 발음기관을 본 떠 누구나 쉽게 익힐 수 있으며 그 모양과 형태가 아름다운 문자다. 이러한 한글의 과학적 우수성은 물론 미적 가치가 인정을 받으며 다양하게 한글이 활용되고 있다. 올해로 577번째 생일인 한글날을 맞이하며 한글이 새로운 모습으로 활용되는 사례를 소개한다.

타이포그래피

한글 서체를 통해 자신의 개성을 표현하고 메시지를 담을 수 있는 방법이 바로 '타이포그래피'다. 타이포그래피란 문자를 통한 표현기법을 말한다. 읽고 쓰는 목적에 그치던 글자를 디자인으로 활용한 셈이다.

타이포그래피는 글자를 배합하고 배치하는 방식에 따라 다양한 느낌으로 연출이 가능하다. 한글의 경우 알파벳과 달리 초성, 중성, 종성이 결합된 '음소문자'로 글자의 크기와 모양에 따라 활용도가 높다.

액세서리

한글의 자모를 무늬로 활용한 한글 손수건, 목걸이, 넥타이 등 액세서리가 있다. 발음기관에 따라 만든 한글은 형상화가 쉽다는 점에 착안한 것이다.

대표적인 한글 디자인 브랜드 '이건만'은 모음을 무늬로 새긴 '한글 넥타이'로 세련된 느낌을 연출했다. 한동훈 법무부 장관도 착용했다. 또한 '한글 목걸이'도 나와 여성들에게 인기가 높다.

패션

의상 디자이너 이상봉 씨는 해외에서 열린 패션쇼에서 한글 문양이 새겨진 의상으로 큰 화제를 모은 적이 있다. 옷에 글자의 획을 넣거나 자모를 삽입해 이색적인 느낌을 연출한 것이다. 또한 '가', '산' 같은 하나의 글자를 연속적으로 넣어 마치 메시지가 담긴 것처럼 보이게 만들기도 했다.

세계적 명품 패션 브랜드들도 한글 자모를 활용한 옷을 선보여 인기를 대단한 인기를 끌기도 했다.

생활용품

한글을 활용한 생활용품들도 등장했다. 한글 티셔츠, 손수건을 포함한 도장, 노트, 명함집 등 다양한 한글 생활용품이 판매되고 있다. 대부분 값싼 일상적인 생활용품이라 외국인들에게 선물용으로 선호되고 있다.

화자와
필자

시인은 작품 속에 자신과는 다른 또 하나의 존재를 만들어 놓고 그의 입을 통해서 자기 생각을 들려준다. 이처럼 시 속에서 자기의 생각을 말하는 사람을 시의 '화자話者'라고 한다. 화자는 다른 말로 '시적 자아' '서정적 자아'라고 부르기도 한다.

예를 들어 보자. 김소월의 시 「엄마야 누나야」를 보자.

> 엄마야 누나야, 강변 살자
> 들에는 반짝이는 금모래 빛
> 뒷문 밖에는 갈잎의 노래
> 엄마야 누나야, 강변 살자
>
> **김소월의 시 「엄마야 누나야」 전문**

이 시에서 말하는 사람은 누구일까? 시 속에서 '누나야'라고 한 표현으로 보면 '소년'임을 알 수 있다.

이 시는 자연으로 돌아가 평화롭게 살고 싶다는 시인의 생각을 표현한 것으로, 이러한 생각을 표현하는 데는 성인보다는 소년을 화자로 내세우는 것이 효과적일 것이다.

이처럼 시인은 자신의 생각을 효과적으로 나타내기 위하여 시 속에 '시의 화자'를 내세워 시인의 생각을 표현한다. 따라서 시의 화자는 시인의 뜻을 대신 전달하는 메신저로서 시의 내용이나 분위기에 맞도록 생각과 느낌을 효과적으로 전달하는 역할을 한다.

시의 화자는 모두 똑같은 어조로 말하지 않는다. 독백적 어조로 말하는 김영랑의 시 「모란이 피기까지는」, 대화하듯 말하는 임화의 「우리 오빠와 화로」, 여성적 어조로 말하는 한용운의 「님의 침묵」, 「알 수 없어요」가 있고 남성적 어조의 대표적인 시로는 이육사의 「광야」, 「절정」 등이 있다.

시 속에서 화자가 말하는 스타일도 다양하다. 시적 화자가 취하는 태도에 따라 권유, 명령, 기원, 예찬, 소망, 순응, 의문, 간청 등의 유형이 있다. 권유의 예로는 정철의 「훈민가」, 명령의 화자는 신동엽의 「껍데기는 가라」, 예찬의 화자는 양주동의 「조선의 맥박」, 의문의 화자는 신석정의 「그 먼 나라를 알으십니까」 등이 있다.

시에 등장하는 화자의 감정 상태에 따라 낙천적, 염세적, 격정적, 영탄적, 애상적, 관조적, 절망적 등의 화자로 나눌 수 있다. 심훈의 「그날이 오면」은 격정적 어조, 김광균의 「외인촌」은 애상적인 어조의 화자라고 할 수 있다.

민들레는
홀씨가 없다

산등성이의 해질녘은

너무나 아름다웠지

그 님의 두 눈 속에는

눈물이 가득 고였지

어느 새 내 마음

민들레 홀씨 되어

강바람 타고 훨훨

네 곁으로 간다

박미경의 곡 "민들레 홀씨 되어" 일부

　박미경 가수가 불러 크게 히트했던 유행가 "민들레 홀씨 되
어"의 가사다. 떠나간 연인을 그리워하는 애잔한 내용으로 대단
히 인기가 높았는데, 특히 반복되는 후렴 성격의 가사 "내 마음

민들레 홀씨되어"라는 구절 때문에 대중의 많은 사랑을 받은 곳이다.

이 곡의 영향일 거다. 시인들은 너도 나도 '외로운 마음'을 표현할 때면 으레 '민들레 홀씨'를 쓰기 시작한다.

그런데, 민들레 홀씨를 애용(?)하는 시인들은 정작 박미경 가수가 기자회견을 통해 노래 가사로 사용한 '민들레 홀씨'가 과학적 사실과 다르다는 점을 공식 사과했다는 사실은 모른다. 그래서 아직도 민들레 홀씨는 연애시의 단골 소재가 되고 있는 모양이다.

식물은 꽃식물과 민꽃식물로 나뉜다. 민꽃식물은 고사리나 이끼처럼 꽃을 피우지 못하는 식물이다.

'홀씨'는 민꽃식물이 무성생식을 하기 위해 형성하는 생식세포로서 '포자胞子'를 가리킨다. 포자는 씨앗은 아니다. 일부 민꽃식물을 제외하면 대부분의 식물은 꽃식물이다. 물론 민들레는 꽃식물이다. 따라서 민들레는 홀씨가 아닌 '씨앗'으로 번식한다. 민들레의 솜털 같은 모양은 홀씨가 아니라 꽃받침의 형태가 변한 거다. 따라서 꽃식물인 민들레는 홀씨가 없으니까 '민들레 홀씨'라고 말하는 것은 잘못이다. 민들레는 열매와 씨가 있을 뿐이다.

참고로, 민들레 한 송이는 100~200개의 꽃들이 모여 이루어진다. 이런 꽃을 '통꽃'이라고 부르는 거다.

나는 한때 '민들레 홀씨' 논란이 있을 때마다 시인들의 '민들레 홀씨'를 옹호하곤 했다. "뭐 시인이 꼭 과학적 사실에 맞는 시만 쓰는 건 아니지 않나. 시는 과학을 초월한다"는 생각에서다.

그러나 최근에는 생각이 바뀌었다. '민들레 홀씨'를 계속 사용하는 것은 시인들의 오만이고 월권이다. 틀린 건 틀린 거다.

'민들레 홀씨'라는 표현을 한 작품을 쓴 시인들은 모두 수정하는 수고를 해야겠다.

영인본의
매력

　'월간시인'을 애독하는 시인 중에 ㅊ시인이 있다. 이분은 새
잡지가 나올 때마다 자주 전화를 하셔서 "어떻게 이런 희귀한
자료들을 찾아 수록하느냐?"고 감탄하곤 한다. 이 칭찬 속에는,
마치 편집자가 마술을 부리는 사람이거나 신통한 재능을 갖고
있는 거 아니냐는 궁금증이 들어 있다.

　이런 전화를 받으면 사실 쑥스럽다. 그리 대단한 안목이 있거
나 무슨 보물찾기 능력이 있어서가 아니기 때문이다. 다만 창간
때부터 일제 강점기 신문잡지와 출판물을 복사해 원본과 똑같
이 제본한 '영인본影印本' 자료를 자주 활용하는 노력을 했을 뿐
이다. 다른 문예지 편집자들이 잘 하지 않는 작업이다. 그만큼
품이 많이 들고, 그 자료들을 일일이 살펴보는 게 쉽지 않다.

　특히 작고시인들의 잘 알려지지 않은 수필을 발굴 소개하고
있는 '생각의 망치' 속의 거의 모든 작품은 영인본 신세를 많이
지고 있는 컬럼 중의 하나이다.

영인본을 알기 쉽게 설명하면 '복사본'이다. 그래서 영인본의 문화적 가치를 폄하하는 사람들도 꽤 있다. 나와 같은 편집자들은 중요성에 대해 인정하지만 일반인들의 선입견은 영인본을 그저 '리프린트' 정도로 인식한다.

영인본이란 선현들이 남긴 귀중한 자료를 복사해 부활시킨 책이다. 다시 말하면 원본을 사진이나 기타 여러 가지 과학적 방법으로 복제한 거다. '복제하다'라는 술어가 가리키듯 영인본은 "본디의 것과 똑같이 만든 인쇄물"이어야 한다. 즉 원본의 형태와 인쇄 상태를 최대한 유지하여 과학적 방법으로 정밀하게 제작되어야만 온전한 의미의 영인본인 거다.

이러한 조건을 갖추어 제작된 영인본은 원본 접근의 제약성을 해소할 수 있는 유일한 대안이다.

현재 '월간시인' 편집국에는, 일제 강점기 때 발행된 '조광' '문장' '여성' '삼천리' 등과 같은 잡지류와 함께 '현대시이론자료집' '조선일보학예판' '한국현대시사자료집 시집편' '한국시문학전집' 등은 물론, 8.15 해방 후 발행된 '현대문학' '문학사상' '창작과 비평' 영인본 등이 있다.

형편이 되는 대로 '동아일보 축쇄판' '초간 희귀 한국현대시 원본 전집' 등도 마련할 계획이다.

아래아한글은
위대하다

지금도 거의 모든 언론출판사들은 '아래아 한글'을 사용한다. 취재 원고는 물론 시인작가들의 기고문도 모두 아래아한글로 워딩한 원고를 받는다. 물론 내가 만드는 '월간시인'의 신인상 응모작도 아래아한글로 받고, '월간시인' 기사도 모두 아래아한글로 작성한다. 이 사실을 모르는 일부 응모자들은 MS워드로 원고를 보내오기도 한다. 당연히 심사에서 제외한다.

언론출판사들이 아래아한글만을 사랑하는 이유는 바로 아래아 한글이 자랑스러운 한국의 고유 워드프로세서이기 때문이다.

현재 세계의 워드프로세서 시장은 마이크로소프트(MS워드)가 완전 장악한 상태지만 '한국만은 MS워드가 장악하지 못한 유일한 나라'라는 사실을 아는 분은 많지 않다.

한때(1998년) 경영악화로 마이크로소프트에 아래아한글을 파는 계약을 하려고 한 적이 있었다. 그러나 이 계약은 '한글지키기운동본부'의 반대와 국민들의 뜨거운 성원으로 파기되었다.

만약 그때 아래아한글을 마이크로소프트에 팔았다면 어떤 일이 벌어졌을까 상상하는 것만으로도 끔찍하다. 당연히 한국의 워드프로세서 시장은 마이크로소프트가 장악했을 것이고, 관공서는 물론 모든 기관과 단체, 언론출판사들도 MS워드를 써야 했을 거다. 그러나 아래아한글에서 옛한글, 한영자동수정, 맞춤법 등이 거의 완벽하게 지원되고 있는 데 비해 마이크로소프트 워드는 이를 지원하지 않을 거다.

전 세계에서 자국의 고유한 워드프로세스를 사용하던 나라는 일본과 한국 정도였다. 그만큼 마이크로소프트의 위력은 대단해서 전 세계를 지배하고 있었다. 그러나 자국의 고유한 워드프로세서인 '이치타로一太郞'를 사용하던 일본도 결국 마이크로소프트의 공세를 견디지 못하고 넘어가고 말아 우리나라는 자국의 워드프로세서를 지키는 유일한 나라가 되었다.

요즈음 세계는 '한류'가 대세라고 난리도 아니다. 그런데 이 한류의 위력이 어디서 나오는지 알고 있는 분들은 별로 없다. 한류의 힘은 바로 '한글'에서 나오는 거다. 이 한글을 다국적 거대기업인 마이크로소프트의 공세에서 지켜내고 발전시킨 건 아래아한글이다. 이래도 MS워드가 조금 편리하다면서 '아래아한글'을 홀대할 것인가.

이른바
도꼬다이

지난번 '국민의힘' 대선에서 홍준표 후보가 떨어졌다. 경선이 끝나면 경선에 참여했던 후보들은 모두 당선 후보를 밀어 주는 것이 정치인의 도리인데, 홍준표 후보는 "당선자 윤석열 후보를 지지하겠다"고 말은 하면서도 애매한 행태를 보여 이를 지켜보는 사람들은 실망한다.

대선 경선에 나선 그의 캠프에는 현역 의원도 서너 명밖에 참여하지 않았다. 그야말로 '나 홀로' 고군분투한 셈이다. 홍준표는 지난 대통령 선거의 제1야당 후보, 원내대표, 경상남도 도지사까지 지낸 정치인이다. 그런데도 참모진이나 지지인사가 빈약했었다.

언론은 '도꼬다이'라는 별명으로 홍준표를 부른다. 칭찬이 아니라 다소 비아냥하는 호칭이다. 홍준표 의원에게 '도꼬다이'라는 별명은 새삼스럽지 않다. 현역 검사 시절부터 홍준표는 '도꼬다이 검사'였다. 그때는 '존중'하는 의미가 강했다. 알다시피,

그는 "모래시계" 검사로 명성을 떨친다. 1990년대 검사 시절, 당시 서울지검 강력부에 근무하던 스타 검사로, 매일같이 언론에 이름이 오르내린다. 보기 드물게 연예인 같은 대중적 인기를 누린 셈이다.

김영삼 정부 출범 직후 터진 슬롯머신 사건 수사 덕분이었다. 그는 '빠찡코 대부'로 통하던 정덕진 씨를 구속했으며, '6공 황태자'로 불리던 박철언 의원을 뇌물수수 혐의로 구속한 데 이어, 이건개 대전고검장, 엄삼탁 병무청장, 이인섭 경찰청장 등 정관계의 거물급 인사를 줄줄이 구속했다. 그래서 당시 홍준표 검사는 '강골검사', '정의의 화신'으로 평가받는다.

그때부터 '도꼬다이' 홍준표다. 어떤 외압에도 굴하지 않는. 홍준표에게 붙여진 '도꼬다이'란 일본어로 '독단獨斷' 또는 홀로 대적한다는 '독대獨對'를 뜻한다. 홍준표 의원이 당의 공천을 받지 못하고 무소속으로 국회의원 선거에서 이겼을 때 당선 소감 인터뷰에서 홍준표는 말한다. "육십 넘게 도꼬다이로 살았다. 도꼬다이로도 선거에서 이겼다."

그러나 지금은 사정이 다르다. 정권교체를 염원하는 국민들에게 '도꼬다이'로서 멋진 반전을 기대한다.

대머리
총각

 "여덟 시 통근 길에 대머리 총각"이라는 노래는 70년대 김상희의 인기곡이다. 그 노래를 들으면서 이른바 '대머리 총각들'의 열등감 같은 것이 조금쯤 가셔지지 않았나 싶다. 처녀 가수가 "오늘도 만나지려나 기다려진다"고 애절하게 노래 불렀으니 말이다.

 '대머리'라는 어원을 따져 보면 원래 '민머리'였다. 그런데 그 말은 거의 쓰이지 않고 '대머리'라고들 쓴다. '민머리'란 말 속에는 벼슬을 하지 못한, 즉 감투를 써 보지 못한 머리라는 뜻도 있다. 아무튼 '대머리'는 '머리'의 낮춤말인 '대갈머리'에서부터 온 말이다.

 탈모로 그 많던 머리가 빠져 대머리가 될까봐 고민하는 분들이 의외로 많다. 예전에는 유전적인 요인으로 발생하는 경우가 많았는데, 최근에는 유전적인 요인 외에도 각종 신체적·정신적 스트레스와 영양결핍 등 다양한 원인으로 탈모가 진행된다는 것이다. 일시적으로 머리카락이 빠졌다가 다시 나는 급성 탈모와 달리 만성 탈모는 모낭의 크기가 점점 작아지면서 머리카락이 짧고 가느다란 솜털처럼 변하다가 완전한 탈모 상태가 된다.

탈모 현상은 남녀 모두 나타나지만 남성 쪽의 증상이 훨씬 심각하다. 그런데다 탈모가 더욱 무서운 건 점점 연령대가 낮아져 이제는 2,30대 젊은이들에게서 탈모 현상이 두드러지게 많아졌다.

대머리 하면 제일 먼저 떠오르는 인물은 영화배우 이덕화 씨다. 그는 숱한 예능 프로에서 "부탁해요"라는 유행어를 탄생시킨 분이다. 얼마 전부터는 낚시 프로그램을 맡아 그 방면에서도 예전 못지 않은 인기를 누리고 있다.

그런데 이덕화 씨가 훌륭한 건, 그는 대머리라는 사실을 숨기거나 부끄러워하지 않는다. 그래서 일찍부터 많은 발모제, 육모제, 가발 회사, 머리 심는 광고 등에 모델로 활약하며 이 땅의 대머리들에게 늘 희망을 안겨 주고 있다.

과장된 표현일지 모르지만 그래서 우리나라 가발-발모제 개발의 역사는 이덕화가 이끌고 있다고 해도 될 듯하다. 최근 어느 대통령 후보가 대머리 치료 '발모제'를 건강보험으로 지원하겠다는 공약을 발표했는데, 제발 말장난 공약이 아니기를 빈다.

해방과
광복

한때 1945년에 태어난 사람을 가리켜 '해방둥이'라고 부르며 매스컴이 떠들썩하게 보도한 적이 있다. 그때 해방둥이의 대표적인 인물로 작가 최인호 씨가 선정되어 신문 방송이 요란하게 인터뷰한다.

엊그제 같은데, 벌써 올해가 8.15 광복 79주년이다.

> 흙 다시 만져 보자 바닷물도 춤을 춘다
> 기어이 보시려던 어른님 벗님 어찌하리

국민학교 때 8.15 광복절 기념식 때 늘 부르던 '광복절 노래' 첫 구절이다. 노래를 부를 때마다 어린 마음에도, '광복'이란 무슨 뜻인지는 잘 몰랐어도 울컥하곤 했다.

8.15 하면 습관적으로 '해방'이란 단어가 더 어울린다고 생각한다. 그러나 '해방'과 '광복'은 뜻이 상당히 다르다. 해방이

란 말은, 단지 일제 식민지 노예 상태에서 "벗어났다"는 의미뿐이지만 광복이란 말은 여기서 한 발 더 나아가 일제 식민지로부터 벗어나 "주권을 회복하였다"는 의미를 담은 말이다.

우리나라는 1945년 8월15일이 되자마자 곧바로 주권국가를 수립하지 못한 채 미국과 소련이 실시하는 '군정' 기간을 거친 후에야 1948년 8월15일 비로소 대한민국 정부를 수립할 수 있었다. 그러니까 정확하게 말하자면 1948년 8월15일 이전은 해방 상태, 정부 수립한 이후부터가 광복 상태인 거다.

광복은 주어가 '나'다. "내가 주권을 되찾았다"는 능동적 의미인 반면, 해방은 "누군가 나를 벗어나게 해 주었다"는 수동적 의미를 담는다.

그래서 8.15에는 역사적으로 두 가지 커다란 의미가 있다. 하나는 우리 민족이 일제 식민지 통치로부터 해방된 날이고, 다른 하나는 대한민국 정부를 수립한 날의 의미이다.

8.15 뉴스를 볼 때마다 흔히 "광복을 기뻐하는 사람들"이란 설명으로 자주 등장하는 사진들이 있다. 하지만 그 사진들은 8월 15일의 거리 풍경이 아니다. 그 다음날 서울역을 비롯한 주요 거리의 만세 풍경이거나, 훨씬 후 9월 초 한반도에 진주하는 미군을 환영하는 인파의 사진이 대부분이다. 실제로 8월15일 당일에는 거의 모든 국민들이 해방이 되었다는 사실조차 모르고 있었다.

신해철의
노래가사

시를 노래로 부른다고 해서 모두 애창되지는 않는다.

"노래가사가 먼저냐, 곡이 먼저냐"를 따지지는 말자.

시는 음악과 어떻게 융합하느냐 하는 문제가 현대시의 미래를 가리키는 조짐으로 파악해 보자. 이는 세계적 '한류'의 흐름에서, 유독 문학만이 구경꾼인 듯한 현실을 반성하자는 질문이다. 소비자가 없는 예술은 예술로서 역할이 부족한 것과 같다. 김소월의 시가 많은 사랑을 받고 있다. 이은하의 "초혼", 정미조의 "개여울", 가곡 "산유화"와 "엄마야 누나야" 등이다.

정지용 시 "향수"는 시보다 노래로 더 유명하다. 박인환의 "세월이 가면", 송창식이 부른 서정주의 "푸르른 날". 유심초가 부른 김광섭의 시 "어디서 무엇이 되어 다시 만나랴" 김지하의 "타는 목마름으로". 이동원이 노래한 정호승의 시 "이별 노래" 등등, 이런 시들은 모두 음악과 융합되어 시의 가치를 높인다.

반대로 현재의 팝송이나 발라드 등의 음악가사는 한 편의 서정시이기도 하며, 랩은 한 편의 산문시에 다름 아니다. 그런데 음악과 융합함으로써 그 영역과 가치를 넓히는 노래가사의 역할을 시인 아닌 예술가에게 자리를 양보한 느낌도 있다.

신해철의 노래가사는 한 편의 시로서 손색이 없다. "날아라 병아리" "불멸에 관하여"는 철학적 깊이마저 느끼게 된다. 신해철의 노래가사는 시에 못지 않다.

훌륭한 가사는 시의 한계를 초월한다. 그러나 시답지 않은 가사가 음악과 융합해 감동이 배가 되는 경우도 많다. 랩이 그렇다. 자유로운 랩 가사에는 산문시가 적합하다. 가사(노랫말)는 시대의 거울이다. 세대가 변하면서 노랫말이 운문에서 산문으로 변화해 허위의식을 버리고 구체적인 이미지를 그리기 시작했다. 최근의 인기곡들을 들으면 의미 없는 단어들의 나열과 초보 수준의 영어의 반복도 흔하다. 음악에서 '랩'이 하나의 장르를 이루기 시작하면서 시와 가사의 구분은 무의미하다.

세계적 그룹 BTS는 그 구분을 해체한다. 그들은 음악(공연)을 위해 시를 빌려오는 게 아니고, 시를 들려주기 위해 노래를 만든다고도 볼 수 있다. 한국 현대시의 트렌드가 앞으로 어떻게 변화할 것인지는 아무도 모른다.

내일은 또 다른 태양이 떠오른다.

토착왜구

어느 야당 국회의원에게 '토착왜구土着倭寇'라는 프레임을 씌우려고 난리다. 아니 이미 그 프레임은 고정이 된 듯하다. 그 사람이 나서기만 하면 반대편에서는 '토착왜구'라고 매도하는 거다.

한 발짝 더 나아가 총선을 앞둔 정치인들은 '한일전'이라는 프레임을 준비한다. 이미 포스터도 이곳저곳에 등장한다. 안중근 의사의 상징과도 같은, 넷째 손가락 없는 안중근 의사의 손을 포스터로 만들어 뿌린다. 지하에 계신 안중근 의사가 놀라 벌떡 일어날 일이다.

IT 강국답게 이 정도 발 빠른 사람들에 비해, 한쪽은 그저 큰 목소리로 상투적인 구호나 외쳐대고 있을 뿐이니 한심하다. 치밀하고 조직적인 전략으로 '토착왜구' 이슈를 이용하는 사람들에게 한 수 배워야 할 판이다.

토착왜구는 누가 처음 사용한 말일까.

일제가 한국을 강점할 무렵인 1910년 '매일신보'에 처음 '토왜土倭'라는 용어가 등장한다. 토착왜구를 가리키는 말이다. 당시 한국에는 '일진회'라는, 자칭 100만 회원의 전국 최대 규모의 민간단체가 있었는데, 이들은 국가야 망하든 말든 안중에 없이 사리사욕을 채우기 위해 못하는 짓이 없었다. 그래서 그들을 지칭해 '토왜'라고 불렀다. 말하자면 토착왜구의 원조인 셈이다.

정치판은, 반드시 승자와 패자가 있게 마련이다. 승부의 결과는 승자 독식의 체제다. 그래서 40% 지지를 얻고 대통령(승자)이 되어도 지지표를 던지지 않은 60%의 국민을 무시하는 게 관행이 된 거다.

수단과 방법을 다 동원해서 정적을 쓰러뜨려야 한다. 그러려면 대중의 머릿속에 금방 각인되는 이미지를 덧씌워 그 덧씌워진 프레임에서 헤어 나오지 못하도록 한다.

사실 확인할 필요도 없다. 단 1%의 연관만 있으면 '토착왜구'라고 반복적으로 비난해 댄다. 미미한 존재에게는 그럴 필요가 없지만 그냥 놔두었다가는 '호랑이'가 될 만한 강자에게는 꼭 필요한 악명을 프레임으로 뒤집어씌운다.

토착왜구로 불린다는 건 그만큼 '강자'로 인정한다는 말도 되니까 차라리 당사자는 위안을 삼아야겠다.

서부전선
이상 없음?

남북관계가 극단의 상황까지 갈 뻔했던 상황이 발생한 적이 있다. 북한에서 설치한 목함 지뢰로 국군 병사가 크게 다치는 피해를 입은 사건이다. 우리 군이 서부전선에 있는 대북 확성기 방송을 실시하자 북한은 이 대북 확성기를 포격했다. 계속되는 북한의 도발에 우리 군도 물러나지 않았다. 다행히 남북 고위급회담으로 진정이 되기는 하였지만 서부전선에서 다시 어떤 일이 일어날지는 아무도 모른다.

'서부전선'이라는 말은 익숙하면서도 낯선 단어다. 우리는 국토를 부를 때 굳이 동부, 서부라는 말을 자주 사용하지 않기 때문이다. 문제가 되었던 서부전선은 김포 지역부터 문산, 파주, 양주, 연천 지역까지를 말한다. '동부전선'은 철원, 양구, 인제, 고성 지역이다.

그렇다면 이 서부전선이라는 말은 언제부터 사용되기 시작했을까? 제1차 세계대전 시대로 거슬러 올라간다.

당시 서유럽에서는 다양한 전투가 벌이고 있었는데, 연합군은 지형 문제로, 독일군은 군수품 지원 문제로 큰 곤란을 겪고 있었다. 따라서 이들이 맞싸운 서부전선은 지옥을 방불케 할 정도로 참혹했다. 이곳의 전투가 제1차 세계대전의 승패를 가르는 열쇠가 되었다. 이런 상황과 맞물려 서부전선은 단순히 서쪽에 있는 전선이 아닌 '격전의 지역'이라는 뜻을 가지게 되었다.

독일 작가 레마르크는 1929년 「서부전선 이상없다」라는 소설을 통해 제1차 세계대전의 참상을 묘사하였다. 반어反語의 제목을 차용한 이 소설은 '서부전선'이라는 단어에 더 큰 의미를 부여하게 된 계기가 되었다. 1930년 영화로도 나왔고 1979년에 리메이크되기도 했다. 우리나라에서도 설경구 여진구 주연 영화 "서부전선"이 개봉되기도 했다.

세계적 규모의 전쟁이 없는 지금 서부전선이 가지는 의미는 오히려 우리에게는 더 큰 의미가 되고 있다. 왜냐하면 아직도 우리는 북한과 어떤 일이 어떻게 일어날지 모르는 상황이기 때문이다.

'서부전선'은 우리에게는 단순히 '서쪽'을 뜻하는 지역이지만 앞으로는 우리도 서유럽처럼 '격전의 지역'을 의미하는 지명으로 바뀔지도 모른다.

참수
작전

　요즘 언론에 자주 등장하는 단어 중 하나가 '참수 작전'이다. 참수 작전Decapitation Strike, 또는 참수 공격은 미국의 전쟁 전략의 하나다. 즉 적의 핵심 수뇌를 사살하는 작전이다. 원래 참수 작전은 핵전쟁 전략이었다. 적의 핵전쟁 지휘부를 핵무기로 선제 타격한다는 거다.

　몇 년 전 미국의 오바마 대통령은 9.11테러 총지휘자인 빈라덴 참수 작전 '제로니모 작전'을 지시했다. 2011년 5월1일, 빈라덴은 파키스탄 아보타바드에서 미국 특수부대 데브그루 대원들에게 사살되었다. 참수작전의 대표적인 사례이다.

　2015년 10월, 한국과 미국은 북한 김정은 등 수뇌부를 참수하는 내용의 '작전계획5015'를 설계하였다. 이 작전은 대한민국의 전시작전권 전환 이후에도, 북한의 전면전과 국지전 등의 위협에도 대응할 수 있도록 설계되었다.

　이에 대해 북한은 북한 노동당 기관지 노동신문을 통해 "증오와 분노를 핵폭발처럼 터뜨리게 하는 용납하지 못할 특대형 죄악”이라고 비난한다.

현재 미국과 북한의 사이는 극도로 좋지 않다. 북한은 미국령 괌에 미사일을 발사하겠다고 공공연하게 협박한다. 미국 역시 ‘김정은 참수 작전’을 실시하겠다는 것을 공개한다.

지금껏 미국에 직격으로 공격하겠다고 한 나라는 지구상에서 북한밖에 없다. 괌의 미국 공군기지를 직접 언급해서 타격한다고 한 나라도 북한이 처음이다.

이에 대해 미국은 당연히 격노한다. 북한에 화염과 분노를 퍼붓겠다고 경고한다. 미국의 경고가 어떻게 발전할지는 단언할 수 없다. 김정은 북한의 미사일이 미국까지 갈 수 있다는 망상과 4대 강국이 한반도를 둘러싸고 있기 때문에 북한은 미국이 쉽게 공격을 못할 것이라는 오판을 한다.

미국은 자국민 보호에는 가장 민감한 나라다. 따라서 이번만큼은 예전과는 다른 방향으로 진행할지도 모른다. 우리나라는 당연히 참수 작전 같은 비극적 사태가 일어나지 않기를 간절히 바란다. 하지만 국제관계가 우리 마음대로 되지 않는 것이므로 솔직히 말하자면 불안하다.

갑질

요즘 우리 언론에 많이 등장하는 단어 중 하나가 '갑질'이다. 갑질이란 업무의 주도권을 가진 기업(갑)이 피업체(을)에게 부당한 요구를 하거나 사용자(갑)가 고용인(을)을 비인간적이고 권리를 짓밟고 착취하며 멸시하는 행위를 가리킨다.

얼마 전 어느 피자회사 회장의 갑질은 서민들의 가슴을 온통 피멍들게 만들었다. 이 피자회사의 갑질은 하루 이틀이 아니었다. 할인행사 비용을 가맹점에 떠넘기거나 간판을 수시로 교체하면서 회장의 친인척이 운영하는 곳에서 하라고 했으며, 인테리어 역시 마찬가지였다.

이와 같은 갑질 행위로 이 회사는 공정위의 제재를 받았지만 그동안의 갑질로 가맹점주들은 "눈물이 이미 다 말랐다"는 표현으로 그동안의 갑질에 대해 분노하고 있다.

서민들이 임대 계약을 할 경우 건물주가 '갑'이고 임차인 즉 세입자가 '을'이 된다. 고용계약의 경우도 마찬가지다, 고용주가 '갑' 피고용인(노동자)이 '을'이다.

세상의 모든 갑들이 다 그런 것은 아니지만 주로 자신의 지위나 권력 등을 이용하여 힘없는 사람들을 모욕하거나 짓밟는 행위를 하는데, 단순한 폭행 등의 신체적 폭력이 아니어도 언어폭력(욕, 비하), 정신공격(협박) 같은 갑질을 마구 하는 경우도 흔해서 문제다. 몇 년 전 어느 항공회사의 '땅콩 회황'과 마산의 어느 간장회사 사장이 저질렀던 운전기사 폭행 사건 등도 악질적인 갑질의 사례다.

갑질 처벌에 경찰이 나섰다는 반가운 소식도 들려온다. "우리 생활 주변에 불안 요소인 '갑질 횡포'에 대한 선제적 대응을 통해 구조적 부패 비리와 사회적 약자들을 대상으로 하는 각종 불법 행위에 엄정하게 대응할 것"이라는 거다.

경찰을 한 번 믿어 볼까?

매번 혹시나 했다가 '역시나' 하고 속았던 경찰이다. 그래도 시대가 바뀌었으니까.

보이코트

맞선을 보고 온 동생의 보고를 받은 언니의 눈썹이 치켜진다.

"누가 보이코트 했냐 말이다. 네가 한 게 아니라, 그래, 상대방이 한 걸 네가 당했다는 말이지?"

"아니 그래, 제 따위가 뭔데 보이코트 하더란 말이냐. 나 원 참…. 그래 가만두었어?"

최근 유엔의 안전보장이사회에서 중국이 보이코트 전술을 자주 행사해, 그 때문에 조금씩 자주 쓰이는, 정치적 언어인 양 싶던 '보이코트'는 이제 '반대' '배척'의 뜻으로 어디서고 자주 쓰인다. '보이코트'를 사전에서 찾아보니, ① 어떠한 일에 있어서 교제를 거절하기로 한 동맹 ② 불매동맹不買同盟으로 나와 있어, 복수적複數的인 연대 행위의 냄새를 풍기는 말이다. 본디의 뜻은 '비토veto' 같은 의미로, '거부권'이라고도 쓰이는데, 이는 '반대' '배척'을 표시하는 행위이다.

이 말이 맨처음 쓰인 것은 영국이다. 에이레 지주의 집사였던 보이코트Captain Boycott (1832-1897)라는 사람의 이름에서 연유한다. 이 집사 양반께서는 어지간히 소문난 깍쟁이다. 또 갑질도 심했다.

우리나라에서도 천석꾼 만석꾼 지주보다도, 그 앞잡이 역할을 맡은 마름들의 행패가 심하다. 이들은 소작민들한테서 배척당하는 건 말할 것도 없고 같은 처지의 마름들과 지주들한테서까지 따돌림을 받는다. 그래서 모든 교섭이 단절되어 버리곤 한다.

에이레의 집사 이름 '보이코트'에서 시작된 이 말은, 처음에는 '배척' 쪽에 강점이 있는 말이다. 배척을 하다 보면 그것이 '거부'로 나아가게 되는 것이 말의 당연한 흐름이다.

하기야 배척이나 거부나 종이 한 장의 차이다. 그래서 우리나라 국회의 경우, 예산안 심의를 보이코트 하기로 결의했다는 야당의 심사를 짚어 보면, 예산심의를 배척한다는 뜻과 거부한다는 뜻이 함께 곁들여 있다.

일본 아베 정권의 말도 안 되는 규제 조치로 촉발된 일본 상품 보이코트 운동이나, '멸공' 이벤트로 시작된 이마트 보이코트 움직임도 사실은 '배척' '거부' 그 자체보다는 상대방을 굴복시키자는 게 목표다.

그러는 사이에 정도만 다를 뿐이지 쌍방은 모두 상처를 입게 된다. 할지 말지 신중한 판단이 필요한 까닭이다.

국정교과서
소동

국정교과서 때문에 온 나라가 난리인 적이 있었다.

"아니 지금이 어느 때인데, 교과서를 국정으로 한다는 거냐!"

"아니죠. 잘못 투성이 내용이니 검인정에 맡길 수 없죠."

이런 논란인 거다.

이념의 대립이야 늘 첨예할 수밖에 없다. 그렇지만 국정 교과서 파동은 도를 넘는다. 이렇게 뜨거운 이슈를 만드는 세력들은 '교과서 내용 문제'가 아니라 '국정'이라는 형식을 문제 삼고, 도저히 양보할 수 없다고 해대는 거다.

'국정교과서'란 쉽게 말하자면, 정부가 직접 나서서 직접 교과서를 편찬하는 거다. 그것도 잘못된 교과서를 국정으로 만들겠다고 한 거다. 어째서 정부가 역사 교과서에 손을 대려고 하는가. 이제껏 나온 교과서들의 성향이 너무 한쪽으로 치우쳤기 때문이다. 역사란 잘못 이해하고 받아들이면 청소년들에게 잘못된 가치관을 심어줄 수 있다는 게 정부의 의견이다.

이에 반대하는 목소리도 존재한다. 야당에서는 국정교과서가 유신 독재 미화, 친일 행적 미화 등을 야기할 수 있다고 말한다. 또한 역사를 다양한 방면으로 보는 것이 아니라 획일화된 방향으로 이끌어간다고 주장한다. 이를 저지하기 위해 광화문이나 시청에서는 1인 시위 하는 야당 정치인들이 등장한다.

국정교과서를 찬성하는 입장에서는, 지금까지의 역사 교과서가 친북, 종북 이데올로기에 치우쳐 있으므로 이를 바로 잡아야 한다는 주장이다. 일부 편향된 시각을 마치 절대 진리인 것 같은 왜곡에 빠져서는 안 된다고 덧붙인다. 국정교과서에 찬성하는 측 입장과 반대하는 측의 입장은 절대로 양보하지 않겠다면서 지금 각자의 주장을 굽히지 않는 상태다.

중요한 것은 여당과 야당이 제대로 된 타협점을 찾아야 한다. 정치적 입장 차이가 있다는 것은 인정하지만 이를 정쟁으로 삼은 것은 옳지 않다.

역사는 객관적인 관점에서 기록되어야만 한다. 하물며 자라나는 청소년들이 공부하는 교과서 문제다. 그러기 위해서는 기존의 교과서가 무엇이 문제인지 충분한 토론과 검증 과정을 거친 후에 결정해도 된다. 마치 막다른 골목으로 서로를 내몰 듯이 하는 모습이 안타깝다.

먹방과
오빠

　나의 기억이 맞는다면, 1960년대쯤인가 영국에서 발행되는 세계적인 영어사전에 지게 JIGAE 가 'Korean A-frame'이라는 설명이 붙고, 캐리어 또는 백팩으로 소개되었다고 해서 화제가 된 적이 있었다. 그 후 김치 KIMCHI 가 또 영어사전에 당당히 올라 국제어로 통용된다고도 들었다.

　지금 생각하면 참 호랑이 담배 피던 시절의 이야기다. 세계인들이 사용하는 한국말이 어디 한둘인가. 경제적으로 국력이 커진 데다가 '한류'가 온 세계를 휩쓸고 있다니까 그만큼 국격 國格 이 높아진 덕분일 거다.

　지난해 세계적으로 권위있는 영화제에서 상을 거머쥔 영화 "기생충"의 봉준호 감독이 해외언론과 인터뷰할 때, 자신의 영화에 대해 설명하다가 '빽사리'라는 단어를 사용했는데, 이 말도 지금은 세계영화계에서 그대로 '빽사리'라는 말로 통용된다는 거다. 이밖에 외국어로 대체할 수 없는 우리말이 그대로 세계인들의 입에 오르내리는 한국말 또한 한둘이 아니다.

몇 년 전부터는 옥스퍼드 영어사전에 한글, 김치, 온돌, 태권도 등… 번역하기 어려운 한국말 단어들이 상당수 등재되어 있었는데, 최근에는 한류 바람까지 가세해 세계인들의 입에 오르내리는 단어들이 수도 없이 많아진 거다.

예를 들면 먹방 Mukbang, 오빠 Oppa, 언니 Unnie, 막내 Maknae, 애교 Aegyo 등이다.

긍정적인 말만 있는 게 아니라 우리의 민낯을 보여주는 부끄러운 단어들도 꽤 많다. 미국의 뉴욕타임즈는 갑질 Gapjil, 재벌 Chaebol 이라는 단어를 한국어 표현 그대로 소개한 적도 있다.

영국의 공영방송 BBC는 '오늘의 단어'로 '꼰대 Kkondae'를 선정하면서 '꼰대'를 "자신이 항상 옳다고 믿는 나이 많은 사람으로 다른 사람은 늘 잘못되었다고 여긴다"고 설명하기도 했다.

기억나는 대로 세계어가 된 한국말을 더 소개해 보겠다.

아이고 Aigoo, 아이고 죽겠다 Aigo Juketa,

대박 Daebak, 강남 Gangnam, 귀요미 Guiyomi,

짱 Jjang, 네티즌 Netizen, 누구 Nugu, 형 Hyung,

선배 Sunbae, 어떡해 Ottoke, 사랑해 Saranghe

볼펜
신체검사

볼펜은 필기구 중에서 가장 실용성이 뛰어나다. 성능에 비해 가격도 아주 싸다. 볼펜은 볼 베어링을 내장하여 특수잉크를 사용하며, 펜 끝에 부착된 단단하고 작은 볼이 지면과의 마찰로 회전하면서 잉크 관에서 잉크를 뽑아내 볼에 묻은 잉크가 종이에 묻어 써지는 원리이다. 질이 나쁜 종이나 질이 좋은 종이에 상관없이 언제나 부드럽게 필기할 수 있다. 그리고 볼펜 한 자루 당 유효 필기 거리만 500m 이상이다.

이렇게 편리한 볼펜은 헝가리 사람 라슬로 비로가 발명했다. 그는 1938년 자신의 동생과 함께 볼펜을 개발했다. 그는 신문사 교열기자였고 동생은 화학자였다. 그리고 같은 해 6월 15일 영국 정부에 특허를 신청했으며, 1940년 이들 형제는 친구들과 함께 독일 나치의 감시에서 벗어나 아르헨티나로 이주했다.

그곳에서 Birome라는 브랜드로 볼펜을 생산하기 시작했다. 볼펜은 또 만년필과 달리 높은 곳에서도 사용이 가능하다. 그래서 영국 공군은 비행기 안에서도 메모가 가능한 볼펜을 공식 필기구로 채택했다.

우리나라는 1962년 한 회사원이 일본 사람들이 볼펜을 쓰는 것을 발견하여 일본의 볼펜 제조 회사를 알아내, 이듬해인 1963년부터 볼펜을 생산하기 시작했다.

그 회사원은 바로 ㈜모나미를 창립한 송삼석 씨다. 당시 가격은 15원이었다. 그리고 1945년 10월 29일 미국에서 볼펜이 처음 나왔을 때 가격은 12달러 50센트였다. 당시로서는 엄청난 가격이었다.

그 후 영국을 비롯한 유럽 전역에서 볼펜이 생산되어 불티나게 팔린다. 아르헨티나 정부는 지난 1990년 비로의 생일인 9월 29일을 '발명가의 날'로 지정하여 기념할 정도다.

우리나라에서는 볼펜, 중국어로는 원자필原子筆, 영어로는 'ball point pen' 또는 'ball pen'이라고 부른다. 또한 영국과 호주에서는 'biro'(바이로우 또는 비어로, 비로)를 쓰기도 한다. 볼펜의 심은 보통 0.7 mm 에서 1.2 mm의 구슬로, 볼펜의 이름도 여기에서 유래되었다.

수저계급론

얼마 전 서울대에 재학 중인 한 학생이 스스로 목숨을 끊은 사건이 있었다. 그 학생은 유서에서 "죽는다는 것이 생각하는 것만큼 비합리적인 일은 아니다"며 "정신적 귀족이 되고 싶었지만 생존을 결정하는 것은 전두엽 색깔이 아닌 수저 색깔이었다"고 남겼다.

우리 사회에의 일반적 기준으로 볼 때 치열한 입시 경쟁사회의 승자라고 할 수 있는 그 서울대생의 자살은 안타까움을 넘어 우리 사회에 깔려 있는 절망적 비극 상태를 암시하는 신호로 느껴졌다. 이 서울대생 자살 사건을 계기로 인터넷에서는 '수저 계급론'이라는 단어가 한국인이 가장 많이 사용하는 단어 중 하나로 선정되었다.

'수저 계급론'에 따르면 부모가 물려준 재산에 따라 '금수저' 외에도 '은수저' '흙수저'로 나눈다는 것이다.

네이버 국어사전에는 '금수저'를 "부모의 재력과 능력이 너무 좋아 아무런 노력과 고생을 하지 않더라도 풍족한 생활을 즐길 수 있는 자녀들을 지칭한다"고 되어 있다.

금수저의 반대 용어인 '흙수저'는 "부모의 능력이나 형편이 넉넉지 못한 어려운 상황 때문에 경제적인 도움을 전혀 받지 못하는 자녀를 지칭한다"고 나와 있다.

한때 '헬조선'이란 단어가 유행한 적이 있다. 마치 '지옥' 같은 우리의 사회 환경을 의미하는 헬hell과 한국을 의미하는 조선을 합성한 단어다. 이것은 '수저 계급론'과 맥을 같이하는 말이다.

우리나라의 상속 자산 비중은 독일, 스웨덴, 영국과 같은 선진국에 비해 낮은 편이고, 국민소득 대비 연간 상속액 비율 역시 선진국에 비해 조금 낮다는 것은 맞다.

하지만 젊은이들이 느끼는 박탈감과 절망감은 선진국 청년들에 비할 바가 아니다. 그만큼 청년들의 절망감이 깊어 그들이 결국 패배감에 빠지게 되어 서울대생을 죽음까지 선택하게 만들었다. 청년 일자리 창출, 안정적인 직장이 있는 사회—무엇보다 시급한 일인데도, 입을 열기만 하면 청년들을 위하는 정치를 하겠다는 정치인들은 지금 도대체 무슨 생각을 하고 있을까.

바나나는
묵혀야 맛있다

"바나나 색깔 변하기 전에 얼른 먹어야지" 하고 생각하기 쉽다. 사둔 지 여러 날이 지나 표면 색깔이 검게 변한 바나나를 보며 '먹을까 말까'를 고민한 적도 있을 것이다.

그렇다면 앞으로는 주저하지 말고 많이 먹어두자.

일본 데이쿄 대학 연구팀이 발표한 연구논문에 따르면

"오래되어 변색된 바나나일수록 항암효과가 크다"는 것이다.

이 논문은 "바나나는 많이 익을수록 종양 괴사 인자TNF를 만들어내는 효과가 증가한다. 종양 괴사 인자는 인간의 체내에서 만들어지는 제암 효과의 단백질인데, 쉽게 말하면 항암 효과가 높은 생물학적 물질이다."

이를 입증하는 또 한 곳 '암연구를 위한 아시아펀드'는 오래 묵어 검게 변색된 바나나가 덜 익은 바나나보다 8배 이상의 항암효과가 있다고 밝혔다.

이처럼 약 못지 않은 항암 효과를 자랑하는 바나나는 항암 효과 뿐만 아니라 다른 질병에도 특효가 있다.

칼륨이 풍부한 바나나는 고혈압에 아주 좋다.

고혈압은 소금 과다섭취, 칼륨 부족 등에 영향을 받기 때문에 습관적인 바나나 섭취는 혈압을 정상으로 유지하는 데 좋다.

칼륨 보충은 스트레스를 과도하게 받은 사람에게도 꼭 필요하다. 또한 바나나에서 발견되는 트립토판은 행복호르몬 '세로토닌'의 분비를 자극해 우울한 기분을 달래는 데도 좋다고 알려졌다.

바나나는 여성의 '생리 전 증후군'에 먹어도 좋다. 바나나 속의 비타민B6는 배와 허리의 통증을 완화하고 흥분을 가라앉히는 효능이 있기 때문이다.

특히 바나나는 '변비'와 장 건강에도 뛰어난 효능을 보인다. 바나나에 섬유질이 풍부한 것은 이미 잘 알려진 사실이다. 바나나의 섬유질 펙틴은 소화를 촉진하고 체내 독소를 배출해줘 변비약 못지않은 효과가 있다.

비빔밥론

우리나라 전통음식인 비빔밥은 그 역사나 유래는 학문적으로 매우 분분하지만 건강을 중요시 여기는 요즘 가장 이상적인 먹거리로, 전 세계인들이 즐기고 있다.

오래 전 한국 대통령이 미국을 방문하여 한미 정상회담을 가질 때 만찬의 메인 요리로 비빔밥이 나올 정도로 이미 세계적인 음식이 되었다.

비빔밥은 '전주비빔밥' '진주비빔밥' '해주비빔밥' 등이 유명하다. 비빔밥은 영양학적으로도 매우 우수하다. 비빔밥 한 그릇에는 우리 인체가 필요로 하는 각종 영양소가 어느 것 하나 부족함이 없이 골고루 들어 있다.

비빔밥은 이것저것 체면 가릴 것 없이 마구 마구 비벼 먹어야 제 맛이 나는 음식이다. 한 그릇에 밥과 여러 나물을 넣어 여러 사람들이 함께 비벼 먹음으로써 일체감을 조성하기에도 좋다. 그래서 비빔밥은 가장 서민적인 음식으로, 품앗이 등을 통해 여러 사람이 함께 일할 때 먹었던 농번기 음식에서 유래된 것으로 추측되고 있다.

비빔밥은 밥에 각종 나물과 고추장, 그리고 기타 재료(계란 등)을 넣고 비벼서 만든다.

어떤 사람은 비빔밥은 우리 조상들의 '귀차니즘'이 창조한 음식이라고도 말한다. 밥에 각종 반찬과 장을 넣고 휘휘 비벼먹으면 맛의 보장은 물론이고 잔반 처리도 깔끔하게 만드는 등 손이 많이 가지 않는 요리이기 때문이라는 거다.

이렇게 영양학적으로도 큰 장점이 있다. 더욱이 다양한 소재들이 모여 만들어지면서 새로운 맛을 창조하고 융합과 조화의 음식으로 상생相生의 원리가 담겨 있는 음식이기도 하다.

지금 우리 사회의 가장 큰 화두는 소통과 화합이다. 다양한 목소리와 생각들이 있기 때문에 어떻게 보면 매우 어지럽고 혼란스럽다.

하지만 비빔밥처럼 다양한 모습과 소리들이 모여 분해하고 조합하면서 소통과 화합으로 더 발전했으면 좋겠다.

시한부 음식
보신탕

몇 년 전 프랑스의 여배우가 우리나라 사람들이 보신탕을 먹는다고 맹비난을 한 적이 있다.

그렇다면 프랑스는? 프랑스도 1910년까지 개고기를 먹었다. 1920년대 초에 찍은 개고기 파는 가게 사진도 있다. 벨기에는 1916년, 네덜란드는 1940년까지 먹었다. 미국 역시 19세기 초까지는 개고기를 먹은 나라다. 태국, 필리핀, 대만, 독일 등도 21세기에 들어와서야 개고기 식용을 금지시킨다. 현재 개고기를 먹는 나라는 베트남, 중국, 우리나라 등이다. 물론 잘하는 행동은 아니지만 다른 나라의 음식문화를 자신들의 잣대에 맞추어 이렇다 저렇다 함부로 비난하면 안 된다.

보신탕은 개고기를 푹 삶아 살은 수육으로 준비하고, 뼈를 푹 곤 육수에 삶은 배추시래기와 토란대를 들깻가루, 쌀가루, 고춧가루, 국 간장, 된장 등 갖은 양념을 넣어 끓이다가 부추, 대파, 다진 파, 마늘, 생강을 넣고 더 끓인 국으로 수육을 곁들여 먹는다.

조선시대에는 일반 푸줏간에서도 개고기를 팔았다. 정조 임금도 보신탕을 즐겼는데, 당시 영의정이었던 김상철도 이를 찬성했다고 한다. 농경사회였던 조선시대에 소는 워낙 귀한 존재라 함부로 잡아먹을 수 없었다. 돼지는 잔칫날이나 잡아야 했다. 그래서 일반 백성들은 집에서 키우는 개가 바로 단백질의 공급원이 된 것이다.

아무튼 보신탕은 한국의 여름철 보양 음식 중 하나가 되었다. 그런데 재미있는 사실은 서양에 조선의 개고기 식문화가 알려지게 된 계기는 가톨릭 때문이라는 것이다. 가톨릭이 조선에서 박해를 받아 순교자가 속출할 때 숨어 사는 신도들이 영양식으로 보신탕을 먹었다는 것이다.

지리적 인연도 있다. 개장국을 최초로 장에서 판 것이 1770년 충남 서천군 판교면의 백중장인데, 공교롭게도 이곳은 가톨릭 신자들의 은거 공동체가 형성된 곳이어서 유럽 등 외국에 보신탕 식문화가 알려지게 되었다는 거다. 아직도 가톨릭신학교에서는 시험 기간에 신학생들의 허약해진 기를 보하기 위해 보신탕을 먹는 전통이 남아 있다는 거다.

미세먼지
때문에

어느 방송이나 일기예보는 미세먼지에 대한 예보부터 한다. 그만큼 미세먼지는 떼려야 뗄 수 없는 관계가 되어 버렸다.

중국과 몽골 등에서 날아오는 미세먼지는 눈에 보이지 않을 만큼 매우 작기 때문에 대기 중에 머물러 있다가 호흡기를 거쳐 폐 등에 침투하거나 혈관을 따라 체내로 이동하여 들어감으로써 건강에 아주 나쁜 영향을 미친다. 석유, 석탄과 같은 화석연료가 타거나 자동차 매연으로 인한 배출 가스에서 나오는 대기 오염물질 등이 미세먼지를 유발한다고 알려져 있다.

일반 먼지에 비해 매우 작고 가벼운 미세먼지는 날이 갈수록 위험성이 강조되고 있는 오염물질 중 하나이다. 한동안 우리나라는 정치적 이유로 미세먼지는 중국에서 오는 것보다 국내문제라며 슬쩍 덮었었다. 그러나 사실은 "고농도 미세먼지 70%는 중국 탓"이다. 특히 밀폐된 공간에서 고등어를 구울 때 '매우 나쁨' 기준의 초미세먼지는 물론 발암물질이 배출된다고 환경

부서가 발표하기도 했다.

그러나 이것은 사실이 아니었다. 중국 눈치 보느라고 정작 중국 탓은 못 하고 애꿎은 고등어 탓만 한다는 국민적 비난을 받는다. 중국은 그동안 "주변국 미세먼지는 우리와 아무 상관없다"는 궤변으로 빈축을 샀다.

미세먼지를 예방하려면, 우선 미세먼지 경보가 있는 날 환기를 한답시고 창문을 열지 말아야 한다. 미세먼지 마스크와 모자 등으로 피부를 가려야 한다. 최대한 피부를 가려서 미세먼지가 피부에 닿는 것을 차단해야 한다. 외출 후에는 머리를 감고 샤워를 하여 피부에 붙어 있는 미세먼지를 깨끗이 씻어야 한다.

또 미세먼지를 예방하려면 물을 많이 마시라고 권한다 하루에 물을 6-8 잔 정도 마시면 호흡기를 보호하게 되고 미세먼지를 걸러내는 효과가 있다는 것이다. 미역, 녹차, 과일, 채소 등을 많이 섭취하는 것이 좋다. 중금속이 쌓이는 것을 방지해 주기 때문이다. 녹차를 많이 마시면 혈액 속 작용을 통해 소변을 많이 보게 되는데 소변을 통해 몸속의 중금속이 몸 밖으로 나간다.

말모이

1910년 일제는 조선을 강점하자마자 진귀한 서적과 국보급 문화재를 일본으로 반출하기 시작한다.

최남선 박은식 주시경과 그의 제자들은 민족 전통의 계승을 위한 고전 간행과 보급을 위해 조선광문회를 조직한다. 조선광문회는 『조선어큰사전』이라는 우리말 사전을 편찬하기로 하였으나 작업을 주도하던 주시경 선생의 죽음으로 사전 편찬 작업의 맥은 끊어지고 말았다.

1940년대에 들어서자 일제는 조선의 문화를 완전히 말살하기로 작정하고 한글 금지 정책을 펼친다. 이때 한글학자들이 우리글과 말을 지켜내고자 만든 사전이 『말모이』다. 한글학자 이극로(1893년~1978년) 선생이 1927년 독일 베를린대학 철학부 유학 중 학비를 벌기 위해 독일인들에게 '조선어' 강의를 하게 되었는데, 강의를 듣던 독일인들은 한글문법이 정해져 있지 않다는 점과 국어사전조차 없다는 데 대해 놀란다. 이것을 보고 이극로 선생은 고국으로 돌아가면 한글 말살 정책을 펴는 일제에 대항하여 국어사전=말모이를 만들기로 결심한다. 말모이의 뜻은 "말을 모은다"라는 의미로, 우리말과 글, 우리의 마음을 담은 사전이었다.

귀국 즉시 이극로 선생은 108명의 인사와 함께 '조선어편찬위원회'를 조직한 후 1931년 조선어연구원을 '조선어학회'로 바꾸고 1933년 '한글맞춤법' 표준안을 내놓는 등 "말모이" 작업에 열중한다. 그러나 11년이라는 시간에 걸쳐 만들어진 "조선어사전"을 출판하려고 하지만 총독부의 방해로 편찬하지 못한다,

1942년 10월 '조선어학회 사건'으로 모든 것이 허사가 된다. 일제는 조선어학회 사무실을 덮치고 이극로 선생의 책상에 있던 편지에서 "널리 펴는 말"이라는 말을 '조선독립선언서'라면서 '조선어학회 사건'을 조작한다. 이 사건으로 사전 편찬 작업은 끝이 나고 이극로 선생은 투옥되어 징역 6년형에 처해진다.

세계적으로 고유의 말을 가진 민족은 많지만 말과 함께 자기 민족의 글을 가지고 있는 국가는 드물다.

일제 강점기 시절 우리글과 글을 빼앗길 위기가 있었지만 말과 글의 독립운동인 조선어학회의 한글운동으로 한글을 지켜낼 수 있었다. 이 일부 내용을 그린 영화가 "말모이"다.

쪼다

오래 전에 유행한 말 가운데 '쪼다'라는 말이 있다.

1963년에 형설출판사가 발행한 『한국은어사전』에는, '쪼다'의 뜻을 '바보'라고 하면서, 실제로 서울, 부산, 대구, 인천, 춘천, 군산, 김천 지역에서 사용되고 있다고 했다.

주로 학생들 사이에서 쓰이다가 성인사회로까지 번진 쪼다라는 말은, 대체로 좋은 뜻으로 쓰이지는 않는다. 예를 들면 "그릇이 아주 작은 사람", "모든 면에서 형편없는 사람이거나 헛된 욕심을 부리는 사람"을 이르는 데 쓰이곤 했다.

더구나 이 쪼다라는 말끝에는 거의 어김없이 '새끼'라는 곱지 않은 말이 붙어 다녔다. "처음엔 대단한지 알았어. 알고 보니 쪼다지 뭐야." "하는 일마다 왜 그러냐. 너 쪼다 아니냐."

이렇게 막말에 가까운 호칭은 도대체 어디서 나왔을까?

어원을 살펴보았다. 우선 일본말 '죠오다長蛇'가 떠오른다. 글자 그대로 '긴 뱀'을 말하는데, "탐욕스러운 사람"을 가리킨다고 하니 이 말에서 쪼다가 파생된 게 아닌가 하는 생각이다.

다른 견해도 있다. 일본말에서 생겨난 말이라면 일제 강점기 때부터 사용되었어야 하는데, 이 말은 1960년부터 우리 사회에서 유행하기 시작했으니까 일본말에서 나왔다는 주장은 설득력이 떨어진다.

어느 국어학자는 이렇게 주장하고 있다. "이 말은 일본말에서 유래한 말이 아닙니다. 분명 우리말에서 출발된 말입니다. '하는 꼴을 보아하니, 장래는 알아볼 조다'라는 말이 있는데, 대체로 '알아볼 조다' 할 때의 그 '~조다'는, 소리가 '쪼다'로 나지만, 상대방에 대해 실망을 해서 경멸조로 쓰는 말 아닙니까."

요즈음 우리나라의 현실을 지켜보며 속을 부글부글 끓이는 국민들은 거의 누구나 연상할 것이다.

우리는 "초일류 브랜드 삼성의 나라, 월클 손흥민을 보유한 나라, 온 세계 젊은이들의 몸살을 앓게 하는 BTS와 블랙핑크의 나라, 박세리 박인비의 나라"라는 극찬을 듣고 있는 대한민국에 지금 '쪼다' 짓을 하는 사람이 딱 하나 있다.

다들 누구인지는 아시지요?

인구 절벽
앞에서

"하나씩만 낳아도 삼천리는 초만원"

"딸아들 구별 말고 둘만 낳아 잘 기르자"

"잘 키운 딸 하나 열아들 안 부럽다"

"덮어놓고 낳다보면 거지꼴 못 면한다"

지금 보면 이상한 문구다. 그리 오래 전 표어가 아니다. 80년대 후반까지 통용되던 표어였다.

당시 대학 시절 동인활동을 함께 했던 동창이 준 명함을 보니 '대한가족계획협회 부장'이었다. 하도 신기해서 어떤 직장이냐고 물었더니 잡지사보다 월급도 훨씬 많고, 일도 그냥 저냥 놀듯이 하면서 월급을 탄다고 했다, 그때는 솔직히 그 협회가 부러웠다. 지금도 그 가족계획협회가 있는지 없는지는 모르겠다.

"다음달 6학년생 1명이 졸업하면 남양초 우도 분교는 문을 닫아요. 학생 수가 줄어 전남 고흥 대부분 초등학교가 위기예요. 10년 후 고흥군에 학교가 몇 개 남아 있을지 걱정이구요."

이 인터뷰 후 얼마 후에 남양초 우도 분교는 사라졌다. 강원 영월군의 쌍룡초 토교 분교도 폐교되었다. 이밖에 흑산초 영산 분교, 부천 덕산초 대장 분교, 경기 안산 대남초 풍도 분교 등등 모두 폐교되었다.

저출산 현상이 심해지면서 학령 인구가 급감하는 탓으로 초등학교 폐교 사례가 기하급수적으로 늘었다.

지금 언론에는 심심치 않게 '인구절벽'이라는 용어가 등장한다. 미국의 경제학자 해리 덴트가 주장한 이론으로, 어느 순간을 기점으로 한 국가나 구성원의 인구가 급격히 줄어들어 인구 분포가 마치 절벽이 깎인 것처럼 역삼각형 분포가 된다는 거다.

특히 생산 가능한 젊은 인구가 급격히 줄어들고, 고령 인구가 급속도로 늘어나는 경우를 가리킨다.

그래서 요즈음 보건복지부인가에서 만들었을지도 모르는 표어를 하나를 소개한다.

"엄마 아빠, 혼자는 싫어요!"

이 표어를 보니까 저출산 대책이니 하는 따위를 내놓는 정부 대책이란 게 뻔하다. 아이 하나라도 낳는 부모는 커녕 이제는 아예 아이를 하나도 낳지 않는 부모, 아니 결혼 그 자체를 하지 않는 젊은이를 위한 대책이 나와야 할 만큼 절박하다.

왜? 바로 인구절벽이니까.

나도 잘 쓴 한 페이지가 있다

초판 인쇄	2024년 3월 25일
초판 발행	2024년 4월 1일

지은이	민윤기
펴낸이	김상철
발행처	스타북스
등록번호	제300-2006-00104호
주소	서울시 종로구 종로 19 르메이에르종로타운 B동 920호
전화	02) 735-1312
팩스	02) 735-5501
이메일	starbooks22@naver.com

ISBN	979-11-5795-732-3 03810